August Kretschmar

Mathilde

SALZWASSER
VERLAG

August Kretschmar

Mathilde

Unveränderter Nachdruck der Originalausgabe von 1864.

1. Auflage 2022 | ISBN: 978-3-75259-925-1

Verlag: Salzwasser Verlag GmbH, Zeilweg 44, 60439 Frankfurt, Deutschland
Vertretungsberechtigt: E. Roepke, Zeilweg 44, 60439 Frankfurt, Deutschland
Druck: Books on Demand GmbH, In de Tarpen 42, 22848 Norderstedt, Deutschland

Mathilde

oder

Ein gefallsüchtiges Weib.

Mathilde

oder

Ein gefallsüchtiges Weib.

Eine Erzählung

von

Marie Sophie Schwartz.

Aus dem Schwedischen

von

August Kretzschmar.

Leipzig:

1864.

Erstes Kapitel.

Im Jahr 1845 stand an der Straße zwischen Pisa und Piombino ein einzelnes Landhaus mit dazu gehörenden Grundstücken. Es war erst kürzlich von einem Fremden angekauft und eingerichtet worden.

Kurz darauf ward hier eine Hochzeit gefeiert, indem ein Italiener sich mit einer jungen Schwedin verheirathete. Die Braut war in der Eigenschaft als Kammermädchen einer reisenden Familie nach Italien gekommen.

Einige Wochen, nachdem das junge Ehepaar hier seinen Wohnsitz genommen, hielt eines Abends vor dem Hause ein eleganter Wagen, aus welchem ein Mann von edeln Gesichtszügen sprang, die das Gepräge der Nachdenklichkeit des Nordländers trugen. Er hob eine noch sehr junge, schlanke Frau, die einen einfachen, aber kostbaren Reiseanzug trug, aus dem Wagen. Nach ihr stieg eine zweite, einige Jahre ältere, obschon auch noch junge, aber durchaus nicht schöne Dame heraus.

Diese drei Personen wurden von der auf der Schwelle wartenden jungen Frau sehr ehrfurchtsvoll empfangen und in drei Zimmer eingeführt, welche mit größerer Sorgfalt möblirt waren als die übrigen.

Einige Monate später verließen die schöne Dame und ihr männlicher Begleiter die ländliche Wohnung, deren Bevölkerung mittlerweile durch einen kleinen Weltbürger vermehrt worden, zu dessen Amme man ein toscanisches Bauernweib angenommen.

Der kleine Knabe und die nichtschöne Dame blieben zurück.

Auf der Veranda des Hauses standen an demselben Abend der Besitzer und seine schwedische Gattin im Gespräch miteinander.

„Aber sag' mir, Karoline", sagte der Ehemann auf italienisch, „wie hängt nur die ganze Geschichte zusammen? Warum macht deine frühere Gebieterin ein so großes Geheimniß aus —"

„Aus der Geburt des Knaben, meinst du", unterbrach ihn Karoline in schlechtem Italienisch. „Das ist aber doch wol nicht zu verwundern. Sie ist ja erst seit drei Monaten verheirathet —"

„Und hat schon einen Sohn?" unterbrach der Mann seinerseits lächelnd. „Indessen, sie ist ja nun seine Frau und —"

„Damit die Sache ins Gleiche gebracht, willst du sagen. Der alte Baron würde aber ganz anders denken. Dieser ist ein sehr strenger Herr."

„Na, mich geht die Sache weiter nichts an. Ich habe auf jeden Fall bei diesem Abenteuer gewonnen, denn ich habe dich dadurch zur Frau bekommen."

„Und obendrein dieses Besitzthum hier und eine kleine, hübsche jährliche Pension."

„Das ist allerdings ganz schön und gut; du aber bist doch das Beste. Du gefielst mir schon seit einem ganzen Jahr, oder seitdem wir in Neapel in einem und demselben Hotel wohnten. Weißt du das noch?" fragte der Mann und schlang seinen Arm um die junge Frau.

„O ja, ich erinnere mich dieser Zeit noch sehr wohl. Du dientest damals bei dem Engländer, welchen —"

„Welchen dein Fräulein so verrückt machte.“

„Sprich nicht davon; es schmerzt mich. Laß uns blos an uns selbst denken.“

„Mag sein. Ich verließ seinen Dienst und trat in den deiner Baronin.“

„Ja, und in diesem stelltest du dich so gut an, daß ich dabei um mein Herz kam“, sagte Karoline lachend.

Zweites Kapitel.

Wir überspringen einen Zeitraum von acht Jahren.

„Also du findest sie göttlich? Ich für meine Person bin so kurzsichtig, daß ich sie nicht anders als ganz gewöhnlich finde“, sagte der Rittmeister Karl Eldner zu seinem Freund, dem Grafen Henning Thorenhjelm, als sie miteinander in dem Zimmer des erstern auf seines Vaters Besitzthum Ljungstahof, im östlichen Theile von Schweden, saßen.

„Das macht, weil du in allen Dingen Pessimist bist“, antwortete der Graf.

„Wenn ich Pessimist bin, so bist du ganz bestimmt Optimist, wenigstens wenn es sich um die Frauen handelt. Aber zum Teufel, was ist es denn, was meine Cousine Mathilde so göttlich macht?“

„Ihre Schönheit, ihr Geist, ihre Liebenswürdigkeit und vor allen Dingen ihr sanftes Wesen und ihre Herzensgüte“, entgegnete der Graf mit Wärme.

„Ha, ha, ha!“ lachte der Rittmeister; „wenn du noch nicht närrisch bist, so stehst du ganz gewiß im Begriff, es zu werden, mein Freund. Du sprichst von Mathildens Herzensgüte; aber ich glaube, davon hat noch kein

Mensch etwas gehört als du in deiner glücklichen Einfalt. Ich kenne den Engel und wünsche dir Glück, wenn du in ihr Netz fällst. Ich gebe dir mein Ehrenwort, daß du dann ihre Sanftmuth ganz gewiß nicht preisen wirst.“

„Deine Worte athmen verletzte Eigenliebe, lieber Eldner, und zwar deshalb, weil sie nicht nach dir fragt.“

„Glaubst du?“

Es lag ein eigenthümlicher Ausdruck in der Stimme des Rittmeisters, als er diese Worte sagte. Ein bitteres, schmerzliches Lächeln umspielte seine Lippen, und er fuhr sich mit der Hand über seinen schönen, dunkeln Bart.

„Vom Glauben ist hier nicht die Rede, denn ich weiß es bestimmt“, hob der Graf wieder an. „Mathilde sieht dich ja kaum an, sie weicht dir aus und macht auch übrigens aus ihrer Abneigung gegen dich kein Geheimniß.“

„Laß sie und mich in Frieden; es lohnt nicht der Mühe, über uns zu sprechen. Willst du aber deine Ruhe bewahren, so weiche ihr aus; denn sie gleicht einer ihr Opfer bezaubernden Schlange. Als dein Freund halte ich es für meine Pflicht, dich zu warnen.“

„Du liebst sie selbst; dies ist der Grund deiner Besorgtheit um meine Ruhe“, rief der Graf fast hitzig.

„Ich liebte Mathilde?“ fragte der Rittmeister und fing an zu lachen.

„Aber dann sag' mir doch ihre Fehler.“

„Um diese aufzuzählen, bedürfte es eines ganzen Menschenalters. Einige davon aber will ich erwähnen. Ich bitte dich dann, mir den Gegendienst zu erzeigen, mich wenn auch nur eine einzige gute Eigenschaft an ihr entdecken zu lassen. Ich würde dir dafür sehr verbunden sein.“

„Du bist unausstehlich; ich mag dich nicht mehr anhören“, sagte der Graf, ergriff seine Mütze und verließ das Zimmer.

„Der arme Junge! Er ist ein großer Thor!“ rief der Rittmeister, indem er seine Cigarre wegwarf und, leise vor sich hinsummend, sich anzukleiden begann.

Einige Tage darauf war in der nahegelegenen Stadt X. ein Ball, der letzte für dieses Jahr. Sämmtliche Notabilitäten des Orts wurden auf demselben erwartet.

In dem großen, schönen Saal des Stadthauses versammelten sich schon die Ballgäste, und unter diesen finden wir auch den Rittmeister Eldner und den Grafen Thorenhjelm. Sie standen dicht innerhalb der Thür und plauderten miteinander.

„Deine Cousine bleibt sehr lange“, sagte der Graf mit sichtbarer Ungeduld.

„Das thut sie stets. Ihr Erscheinen würde ja sonst nicht gebührend bemerkt werden“, antwortete der Rittmeister, während er die versammelten Damen durch die Lorgnette betrachtete.

In diesem Augenblick wurden die Flügelthüren aufgerissen, und auf der Schwelle zeigte sich eine blendende Erscheinung.

Eine Dame von fünfundzwanzig bis sechsundzwanzig Jahren trat ein. Sie war schön und ihr ganzes Wesen verrieth jene hinreißende Liebenswürdigkeit, welche bezaubert und bethört. Es lag etwas Warmes, Mildes und Unwiderstehliches in dem sammetweichen Glanz der braunen Augen, und die frischen Lippen umspielte ein Lächeln der Herzensgüte und innern Zufriedenheit. Man glaubte, es könne kein unreiner oder auch nur zweideutiger Gedanke in dieser schneeweißen, wolkenfreien Stirn wohnen, welche von glänzend schwarzem Haar umrahmt ward.

Dabei war die junge Dame von großem, schlankem Wuchse, und hatte in ihren Bewegungen eine Ungezwungenheit und Anmuth, welche sie unwiderstehlich anziehend machte.

Begleitet war sie von einem ältern Herrn von kalten, stolzen Gesichtszügen, sowie von einer Dame, welche einige Schritte hinterherkam.

Diese Dame schien etwas älter zu sein, und hatte ein Aeußeres, welches dem der brillanten Dame in allen Dingen so untergeordnet war, daß man den Blick an ihr vorüberschweifen ließ, ohne auch nur einen Augenblick auf diesen friedlichen Zügen zu verweilen.

Diese Züge waren nicht schön, nicht einmal hübsch; aber es lag etwas darin, was sowol Verstand als Herz verrieth. Die klaren, hellblauen Augen hatten einen sanften, klugen Ausdruck. Das Haar war hellfarben, die Gestalt klein.

„Ha, sieh", rief der Graf, den Blick auf die Eintretenden heftend, „wie schön sie ist!"

„Ja, Mathilde ist heute Abend wirklich charmant", sagte der Rittmeister, und beide Herren begrüßten die Ankommenden und näherten sich denselben.

Frau Mathilde Remmer beantwortete den Gruß, indem sie den Grafen verbindlich anlächelte, dem Rittmeister dagegen einen fast stolzen Blick zuwarf. In der Tiefe ihres Auges aber lag hinter diesem Stolz dennoch etwas, was einer Frage, einem unruhigen Suchen glich.

Als der Rittmeister aber diesen Blick nur mit einem kalten Lächeln beantwortete, breitete sich eine Rosenfarbe über ihr Gesicht, und sie beeilte sich, eine Frage zu beantworten, welche der Graf soeben gestellt hatte.

Der Rittmeister wendete sich zu Mathildens Begleiterin, die ihre Stiefschwester war.

„Gedenkst du heute Abend zu tanzen, Marie?" fragte er in etwas nachlässigem Ton.

„Natürlich, wenn ich engagirt werde", antwortete Marie mit feinem Lächeln.

„Das war für mich eine höfliche Aufforderung, dich um den ersten Walzer zu bitten."

„Nein, durchaus nicht, denn für diesen bin ich schon engagirt."

„Aber dann waren ja deine Worte: «Wenn ich engagirt werde», eine ganz gewöhnliche Frauenzimmerheuchelei."

„Nimm die Sache, wie du willst, lieber Karl. Es ist mir das vollkommen gleichgültig."

„Wieder eine Unwahrheit, Marie; denn du bist gegen das, was ich von dir denke und spreche, durchaus nicht gleichgültig. In der Schule aber, in welcher du erzogen bist, wäre es fast unmöglich, daß du nicht die Hauptleidenschaft der Frauen entwickeln gelernt hättest, nämlich die, im Kleinen ebenso zu betrügen wie im Großen."

„Und du hast während deines Garnisonlebens vergessen, was man das Recht hat, von einem gebildeten Mann zu verlangen. Indessen, es ist wahr, du machst ja auf weiter nichts Anspruch, als — Soldat zu sein."

Marie sprach diese letzten Worte mit einem eigenthümlichen satirischen Lächeln.

„Und dies rechne ich mir zur Ehre. Doch was sollen wir uns weiter streiten? Auf alle Fälle werde ich die erste Française mit dir tanzen."

In dem Ton, in welchem der Rittmeister dies sagte, lag etwas beinahe Verächtliches; auf Mariens Gesicht aber las man die vollkommenste Gleichgültigkeit, als sie antwortete:

„Du wirst der schweren Pflicht ganz überhoben sein, denn auch für die erste Française bin ich engagirt."

„Am Ende bist du für den ganzen Abend engagirt?"

„Das ist wol möglich."

„Aber warum sagst da dann «Wenn»?

„Ich liebe es nicht, zu beichten."

„Darf ich dies erklären?"

„Sehr gern."

„Du willst mich zwingen, dich aus Höflichkeit engagiren zu wollen, damit du dann das Vergnügen hast, mich abzuweisen."

„Ich sollte dich zur Höflichkeit zwingen wollen?“ fragte Marie, indem sie ihn ironisch ansah. „Nein, ein so hoffnungsloser Gedanke fällt mir gewiß nicht ein. Mit Unmöglichkeiten befasse ich mich nicht.“

Sie drehte sich herum, um einige Bekannte zu begrüßen.

Der Rittmeister wendete sich zu Mathilde mit einem Lächeln, welches etwas Zweideutiges hatte.

„Guten Abend, schöne Cousine“, sagte er. „Ohne Zweifel bist du auch für den ganzen Abend engagirt, da deinem Schatten so viele Brosamen von deinem Ueberfluß zugefallen sind.“

Mathilde wechselte die Farbe; Marie that aber, als ob sie diese neue Beleidigung nicht hörte, obschon dieselbe so laut ausgesprochen ward, daß sie auch an ihr Ohr schlug.

„Warum fragst du das? Beabsichtigst du vielleicht, mich zu engagiren?“ sagte Mathilde und heftete einen forschenden Blick auf den Rittmeister.

„Du antwortest mit zwei Fragen“, entgegnete dieser. „Erlaube, daß ich um eine einfache Antwort bitte.“

„Ich habe nur den letzten Walzer noch frei.“

Mathildens Stimme hatte, indem sie dies sagte, einen vibrirenden Ausdruck.

„Ist es möglich?“ rief der Rittmeister.

In demselben Augenblick näherte sich der schönen Frau ein junger Baron, und nachdem er gegrüßt hatte, setzte der Rittmeister hinzu:

„Benutzen Sie Ihr Glück, Herr Baron; meine Cousine hat noch einen Walzer frei.“

Nachdem er dies gesagt, drehte er sich auf dem Absatz herum und verschwendete im nächsten Augenblick die ausgesuchtesten Artigkeiten an ein blutjunges Fräulein.

Mathilde folgte ihm mit einem langen Blick, durch welchen etwas hervorleuchtete, was einem Blitz des Hasses glich. Sie hörte den Artigkeiten des Barons mit zerstreuter Miene zu.

Der Rittmeister tanzte den ganzen Abend und beinahe mit allen Damen, nur nicht mit seinen Cousinen. Er war schön und zog die Aufmerksamkeit der Damen auf sich. Artig und verbindlich gegen alle diese Damen, machte er manches kleine Herz schneller als gewöhnlich schlagen.

Graf Thorenhjelm dagegen hatte nur Augen für Mathilde und lebte von dem Sonnenschein, der dann und wann aus den Augen der schönen Frau ihm leuchtete.

Als der letzte Walzer aufgespielt ward, näherte sich der Graf Mathilden.

„Dieser Walzer war es, den Ihre Güte mir vergönnte", sagte er.

„Habe ich Ihnen wirklich diesen Walzer versprochen?" entgegnete sie. „Ach, das hatte ich vergessen; soeben habe ich dem Baron G. auch mein Wort gegeben."

„Ich aber habe das erste."

„Das ist wahr; auf jeden Fall wird es aber das Beste sein, wenn ich gar nicht tanze, damit ich keinem unrecht thue."

Mathilde sagte dies mit bezauberndem Lächeln, und warf dem Grafen einen verführerischen Blick zu.

Der junge Mann schwieg und nahm den leeren Platz an ihrer Seite ein. Der Baron dagegen ging, nachdem er von ihrem Entschluß in Kenntniß gesetzt worden, misvergnügt davon.

„Gedenken Sie den Sommer bei Oberst Eldners auf Ljungstahof zu verleben, gnädige Frau?" fragte der Graf.

„Meine Tante hat mich allerdings eingeladen, zu ihr zu kommen, bis man mit den Reparaturen auf Rosersberg fertig ist."

„Welches Glück für mich!"

„Was meinen Sie, Herr Graf? Der Oberst hat die Güte gehabt, mich ebenfalls einzuladen und —"

„Nun, da wird es ja in Ljungstahof sehr amusant werden", unterbrach ihn Mathilde, welche in diesem Augenblick den Rittmeister sich nähern sah.

„Was wird amusant, wenn ich fragen darf?" sagte dieser.

„Daß wir die Gesellschaft des Herrn Grafen auf dem Lande haben werden."

„Ach ja, für dich; — für Thorenhjelm aber dürfte es auf die Länge nicht sonderlich amusant werden."

„Du meinst wol das Gegentheil?" fiel der Graf ein.

„Ich rede niemals verkehrt. Aber, Mathilde, du hattest mir ja diesen Walzer versprochen", bemerkte der Rittmeister, indem er sie scharf ansah.

Sie erröthete und wendete das Gesicht ab, indem sie sagte:

„Ich tanze heute Abend nicht mehr."

Einige Minuten darauf saß sie — eine Beute heftiger Gemüthsbewegungen — in ihrem Wagen.

Drittes Kapitel.

Wir führen den Leser nun bei Mathilde in ihrer Häuslichkeit ein. Sie bewohnt eine stattliche Etage in einer der vornehmsten Straßen von X.

Es ist am Tage nach dem Balle, dem wir soeben beigewohnt haben. Es ist beinahe zwölf Uhr mittags.

In einem schönen Salon sehen wir die junge Frau auf dem Sofa liegen. Kaum hätte man auf den ersten Blick die frische, lächelnde Ballkönigin, obschon die bildschönen Züge noch dieselben waren, wiedererkannt, so entstellt waren dieselben jetzt von einem zornigen, fast boshaften Ausdruck.

Du erwartest wenigstens, lieber Leser, unsere Heldin in einem verführerischen Négligé zu sehen; aber du irrst dich. Sie liegt eingehüllt in einen zerknitterten, alten, seidenen Shawl. Ihr Haar ist ungekämmt und mit Papierwickeln besäet. Die Füße stecken in einem Paar niedergetretener Atlasschuhe, und ihr ganzes Aeußere trägt das Gepräge einer unbehaglichen Nachlässigkeit.

Auf dem Sofa und auf der Diele liegen mehrere Hefte eines Modejournals umhergestreut, in welchen sie blättert.

Ein junges Mädchen steht mit betrübter Miene vor ihr, während Mathilde ihr mit großer Heftigkeit eine Menge Vorwürfe macht.

„Du bist die ärgste Schlumpe von Kammerjungfer, die man sich denken kann", rief sie. „Du hattest mich gestern so schauderhaft angekleidet, daß mich die Leute auslachten. Du mußt aus meinem Dienst; eine solche nichtsnutzige Dirne leide ich nicht. Nun, du schweigst? Hast du nichts zu deiner Entschuldigung zu sagen? Gleich sprich!" rief die schöne Mathilde und schleuderte das Journalheft, welches sie in den Händen hielt, weit von sich hinweg auf den Fußboden.

„Ach, gnädige Frau, ich glaubte mein Bestes gethan zu haben, und alle hier im Hause sagten, Sie wären so schön und gut angekleidet, daß —"

„Ich glaube gar, du wagst, dich entschuldigen zu wollen", rief Mathilde, sprang in einem Nu auf, und mit funkelnden Augen und emporgehobener Hand auf das Mädchen zu.

In diesem Augenblick öffnete sich die Thür des Salons, und der Rittmeister zeigte sich auf der Schwelle. Lachend sagte er:

„Gestern leuchtetest du auf dem Ball wie ein Stern, heute dagegen leuchtest du mit einem ganz andern Glanz. Guten Morgen, Lisette! Danke Gott und mir, daß du dem, was dir zugedacht war, entgangen bist. Gehe nun mit dem, was du bekommen hast."

Lisette zögerte nicht, das Zimmer zu verlassen. Mathilde und der Rittmeister waren jetzt allein.

„Was willst du?" fragte sie. „Warum drängst du dich unangemeldet bei mir ein? Warum mischest du dich in meine Angelegenheiten? Du siehst, daß ich noch nicht angekleidet bin, daß dein Besuch unpassend ist —"

„Und daß du nicht recht bei Sinnen bist. Ja, das sehe ich allerdings; aber ich fürchte mich deswegen nicht, und was hat es wol weiter zu sagen, daß du noch nicht angekleidet bist? Du weißt, daß ich mich durch deine schöne Maske ebenso wenig täuschen lasse, als wenn du dich in deiner natürlichen Gestalt zeigst."

Mathilde erröthete vor Zorn und vielleicht auch vor Schmerz. Sie hätte ein Jahr ihres Lebens darum gegeben, wenn sie wenigstens gekämmt gewesen wäre, als sie dem spöttischen Blick des Rittmeisters begegnete, welcher bald auf ihrem verworrenen Haar, bald auf ihrem alten, fadenscheinigen Shawl, bald auf ihrer nachlässigen Fußbekleidung ruhte. Thränen verletzter Eitelkeit waren nahe daran, ihr in die Augen zu treten, und mit vor Gemüthsbewegung zitternder Stimme hob sie wieder an:

„Was führt dich hierher?"

„Dieser Brief von meiner Mutter an dich. Ich bitte dich, denselben zu beantworten. In einer Stunde reise ich nach Ljungstahof."

Mathilde nahm den Brief und wollte in das Nebenzimmer gehen.

„Du brauchst den Salon nicht zu verlassen", sagte der Rittmeister; „ich gehe sogleich. Du kannst die Antwort mir zuschicken."

Mit diesen Worten näherte er sich der Thür, drehte sich aber noch einmal herum und sagte:

„Im Fall du etwas besitzest, was Aehnlichkeit mit einem Herzen hat, so spiele nicht mit Thorenhjelm's Ruhe. Er ist ein viel zu gefühlvoller und guter Mensch, um auf Kosten seines Friedens dir zum Zeitvertreib zu dienen. Was antwortest du mir hierauf?"

„Nichts", entgegnete Mathilde und warf einen finstern Blick auf ihren Cousin. „Meine Antwort auf diesen Brief werde ich dir zuschicken, ehe du abreisest."

Mit diesen Worten ging sie in das Nebenzimmer.

„Schlange!" murmelte der Rittmeister und entfernte sich.

Als Mathilde sich allein befand, stampfte sie ergrimmt mit dem Fuße, und warf sich wie ein boshaftes Kind mit etwas, was einem Schrei glich, auf das Sofa, während sie sich in ohnmächtiger Raserei das Haar zerraufte. Nachdem sie sich diesen Zornesausbrüchen eine Weile überlassen, riß sie heftig in die Klingel.

Lisette erschien mit furchtsamer Miene an der Thür.

„Wo ist Fräulein Marie?“ fragte Mathilde heftig.

„Auf ihrem Zimmer.“

„Ich will mit ihr sprechen. Es ist doch schauderhaft, daß Menschen, die von mir abhängen, sich unterstehen, ganze Tage zu schlafen. Nun, was stehst du da und gaffst mich an? Warum gehst du nicht und rufst sie hierher?“

Die letzten Worte wurden von Mathilde mehr geschrien als gesprochen.

Lisette eilte hinaus.

Während Mathilde sich diesen wilden Ausbrüchen überließ, ging der Rittmeister eine Treppe höher hinauf, öffnete eine Thür und blieb einen Augenblick auf der Schwelle stehen, während er sich im Zimmer umsah.

Es war klein, ganz einfach möblirt und voll von Sonnenschein und Blumen. Es grenzte an ein zweites, in welchem man eine frische, fröhliche Stimme ein munteres Liedchen trällern hörte.

Der Rittmeister ging auf die Thür zu, hinter welcher der Gesang sich vernehmen ließ, und warf einen Blick in das Zimmer.

Am Fenster saß Marie, sehr einfach, aber geschmackvoll gekleidet und arbeitete. Das blonde Haar fiel in glatten, glänzenden Locken auf Hals und Schultern herab.

Der Rittmeister dachte:

„Wie schade, daß dieses Mädchen und Ebba diesem Schlangengezücht angehören!“

Laut setzte er dann hinzu:

„Guten Morgen, Marie! Wie heiter du bist! Freuest du dich vielleicht deshalb, weil du weißt, daß Mathilde den Verstand verloren hat?"

„Was um Gottes willen willst du damit sagen?" fragte Marie.

„Ihr Weibsvolk seid doch stets mit Fragen bei der Hand, damit ihr nicht zu antworten braucht. Sei doch so artig, einmal von dieser verbrauchten Gewohnheit abzuweichen."

„Worauf soll ich denn antworten?"

„Nun, natürlich auf meine Frage."

„Ob ich mich über Mathildens Erbostsein freue?"

„Versteht sich."

„Ich wußte nicht, daß sie auf schlechter Laune ist. Wir haben einander heute noch nicht gesehen."

„Dann hast du es doch ganz gewiß geahnt; denn Damen, welche nicht schön sind, fühlen sich allemal glücklich, wenn die Schönen sich unglücklich fühlen."

„Glaubst du?"

„Ich bin davon überzeugt."

„Nun, darf ich nun wissen, was dich hierher geführt hat?"

„Der Wunsch meiner Mutter, daß du ihr diese Einkäufe besorgen möchtest", entgegnete der Rittmeister, indem er Marien einen Zettel überreichte, „und überdies meine Neugier, zu sehen, wie dir der Ball bekommen wäre. Leb' wohl."

Mit diesen Worten ging der Rittmeister.

„Hu! Wie grob und unerträglich doch dieser Karl ist!" dachte Marie, „und gleichwol kann er gegen die, welche seiner bedürfen, so gut und theilnehmend sein."

„Fräulein, Fräulein, die gnädige Frau will mit Ihnen sprechen! Sie ist fürchterlich bös!" rief Lisette und sprang sogleich wieder fort, um noch erzählen zu können, daß sie dem Rittmeister in dem Vorzimmer des

Fräuleins begegnet sei, und sich dadurch bei ihrer unzufriedenen Gebieterin wieder in Gunst zu setzen.

Mit verdrießlicher Miene legte Marie ihre Arbeit weg, und ging dem Rufe zu gehorchen. Als sie die Thür des Salons öffnete, kam ihr folgender Wortschwall entgegen:

„Das hat man davon, wenn man sich mit einer armen Schwester belastet! Glaubst du, es schicke sich für dich, auf deinem Zimmer Herrenbesuche zu empfangen? Und um dazu bereit zu sein, kümmert man sich nicht um mich. Aber das leide ich nicht. Du bist jetzt bei mir und in meinem Haus, und deshalb verlange ich, daß du mehr beachtest, was schicklich ist!“ schrie der bezaubernde Engel des Balles in voller Wuth der ein wenig verblüfften Marie entgegen, welche den Sturm ganz ruhig über sich ergehen ließ.

Wir verlassen jedoch jetzt die beiden Schwestern, um den Leser mit den Personen, in deren Gesellschaft wir ihn eingeführt, näher bekannt zu machen.

Viertes Kapitel.

Baron Remmer, Mariens und Mathildens Vater, war zweimal vermählt gewesen; das erste mal mit einer jungen Dame von reinem, adelichem Blut, aber ohne Vermögen, und da der Baron selbst auch nur ein sehr mäßiges besaß, so hatten sie ganz eingezogen, aber sehr glücklich gelebt.

Nach einigen Jahren schon starb die junge Frau, nachdem sie ihrem Gatten eine Tochter, Marie, geschenkt.

Daß der Baron, ein Mann noch in seinen besten Jahren und von vortheilhaftem Aeußern, sich nicht ewigem Gram überließ, wird nicht auffallend erscheinen. Schon während des ersten Jahres nach dem Tod seiner Frau faßte er Zuneigung zu einem jungen und schönen Mädchen von ebenfalls adelicher Geburt; denn unser Baron war ein echter Aristokrat, der niemals im Stand gewesen wäre, sich von irgendetwas in der Welt, selbst nicht von Schönheit oder Reichthum, zu einer Mesalliance verleiten zu lassen.

Anderthalb Jahre nach dem Begräbniß der ersten Gattin ward daher die zweite Hochzeit des Barons gefeiert. Die Braut brachte ein ziemliches Vermögen mit.

Die kleine Marie erhielt sonach schon in ihrem zweiten Lebensjahre eine Stiefmutter, und zugleich eine sehr gefährliche Nebenbuhlerin um die Liebe ihres Vaters, welcher Zustand im nächstfolgenden Jahr noch dadurch verschlimmert ward, daß die junge Baronin eine Tochter, Mathilde, gebar.

Der Baron hatte zwei Schwestern, von welchen die ältere mit dem Oberst Eldner und die jüngere mit einem jungen Baron Strale vermählt war.

Letzterer war ein vertrauter Freund des Barons, der schon von seiner Jugend an eine schwärmerische Anhänglichkeit an ihn besaß. Strale liebte Luxus und die Freuden des Lebens, und seine Gattin überließ sich, jung und unerfahren, dem Vergnügen zu glänzen und sich zu amusiren.

Einige Jahre lang ging alles gut. Sie hatten eine kleine, liebliche Tochter, Ebba, und das Leben bot ihnen nur Freuden.

Eines schönen Tages aber mußte der leichtsinnige Ehemann sich gleichwol bequemen, mit Beihülfe eines Anwalts Kenntniß von seiner pecuniären Stellung zu nehmen, und machte dabei ganz unvermuthet die Entdeckung, daß er, der von der Zeit an, wo er sein Vermögen angetreten, frisch drauf los gelebt und schon zu der Zeit, wo er sich vermählte, einen großen Theil davon verschwendet, jetzt so gut wie ruinirt war.

Eine solche Entdeckung ist für jeden furchtbar, mag er sein, wer er wolle; für einen lebenslustigen, jungen Mann aber, der niemals an sein Auskommen gedacht, der niemals sich daran gewöhnt, die Möglichkeit, selbst etwas erwerben zu müssen, vorauszusehen, und der nur das gelernt, was nöthig ist, um das Leben in vollem Maße genießen zu können, während ein Inspector sein Besitzthum verwaltet; der selbst das Geld ohne Bedenken wegwirft, ohne zu bedenken, daß dies einmal ein Ende nehmen könne: für einen solchen Mann ist die Armuth ebenso furchtbar als der Tod. Wie soll er arbeiten und eine Familie ernähren, wozu er niemals die Fähigkeit oder Lust gehabt?

Mit seinem verschwendeten Vermögen hatte Baron Strale auch zugleich Hoffnung und Kraft verloren.

Ohne über alles dies auch nur ein Wort mit seiner Gattin zu sprechen, unterrichtete er sie blos von seinem Wunsche, mit ihr einen Besuch bei ihrem Bruder, dem Baron Remmer, abzustatten.

Bei seinem Schwager angekommen, setzte er diesen von seiner verzweifelten Lage in Kenntniß und bat ihn, seiner kleinen Tochter Vater und seiner Gattin eine Stütze zu sein; denn ihm selbst bliebe kein anderer Ausweg übrig, als Schweden zu verlassen.

Mit jenem Edelmuth, der stolzen Seelen eigen ist, erbot sich der Baron, die Angelegenheiten seines Schwagers zu ordnen zu suchen, und schlug ihm vor, daß er während dieser Zeit mit Frau und Kind seinen Aufenthalt bei ihm nähme.

Strale, welcher wußte, daß das Vermögen des Barons nicht groß war, schüttelte traurig den Kopf und antwortete, daß ihm nichts übrig bliebe, als das Land zu meiden, daß er aber sein Weib und sein Kind der Obhut seines Schwagers anvertraue.

Am Abend nach dieser Unterredung, nachdem der Baron mit warmer und inniger Freundschaft versichert, daß er der kleinen Ebba ein Vater sein würde, nahm Strale seine kleine vierjährige Tochter in seine Arme, und überhäufte sie und seine Gattin mit den zärtlichen Liebkosungen, welche man theuern Wesen widmet, von welchen man scheiden muß. Er sagte, er wolle den nächstfolgenden Tag sehr frühzeitig auf die Jagd gehen.

Bei seinem Erwachen am nächstfolgenden Morgen empfing der Baron folgenden Brief:

„Mein Freund!

„Wenn Du dies liest, habe ich aufgehört zu leben. Du findest meine Leiche bei der Hütte des Waldhüters. Ich wünsche, daß meine arme Frau in Unkenntniß meines verzweifelten Schrittes bleibe, und daß es heiße, es sei mir auf der Jagd ein Unglück zugestoßen. Meine That wird von Dir vielleicht für egoistisch und feig angesehen, und Du kannst hierin recht haben; denn ich besitze nicht den Muth, mit Noth und Mangel zu kämpfen.

„Ich verlasse mich auf Dein edelmüthiges Versprechen, die Last, welche ich in meinem Leichtsinn meiner Gattin und meinem Kinde aufgebürdet, soviel als möglich zu erleichtern.

„Sei womöglich meiner kleinen Ebba das, was das Herz ihres unglücklichen Vaters für sie hätte sein mögen.

„Dein bis in den Tod treu ergebener, dankbarer Freund Albert Strale."

Welche Mühe der Baron sich auch gab, um das unglückliche Ende seines Jugendfreundes zu bemänteln und ihm den Schein eines Unglücksfalles zu geben, so begann doch, nachdem der unglückliche Stand seiner finanziellen Angelegenheiten bekannt worden, ein jeder die Wahrheit zu ahnen.

Die erste Person, welche in ihrem tiefen Kummer von dieser Ahnung ergriffen ward, war die arme Witwe, welche schon ein halbes Jahr später ihrem Gatten ins Grab nachfolgte.

Die kleine Ebba stand nun allein, ohne Aeltern, ohne Vermögen und hatte nichts, worauf sie bauen konnte, als die Liebe ihres Onkels.

Wir werden nun sehen, wie Leonore, die junge Gattin des Barons, ihre Pflichten in ihrer dreifachen Eigenschaft als Mutter, Stiefmutter und Pflegemutter erfüllte.

Leonore liebte ihren Gatten sehr und ihr Kind mit einer Uebertreibung, welche an Abgötterei grenzte. Für sie gab es nur diese beiden Wesen, und alles andere, was die Aufmerksamkeit oder vielleicht gar die Theilnahme ihres Gatten nur im mindesten auf sich zog, ward von ihr als etwas ihrem Lebensglück Feindseliges betrachtet.

Schon ehe das Unglück mit Albert Strale geschah, hatte Leonore ihre kleine Stieftochter mit einem Gefühl von Eifersucht betrachtet. Die unbedeutendste Liebkosung, welche der Vater diesem Kinde schenkte, erschien ihr als ein Raub an ihr und der kleinen Mathilde.

Leonore war allerdings von Herzen an und für sich viel zu gut, als daß sie boshaft gegen irgendeinen Menschen hätte sein können; ihr Egoismus aber verleitete sie dennoch zu Handlungen, die einen ziemlich starken Anstrich von Böswilligkeit hatten.

Auf diese Weise kam es, daß Marie jetzt sehr zurückgesetzt und ihre guten Eigenschaften übersehen wurden, während die zarte Mathilde schon als ein Muster von Klugheit und Liebenswürdigkeit aufgestellt ward. Mariens geringste Fehler wurden mit einer Gewissenhaftigkeit gerügt, welche endlich bewirkte, daß der Baron glaubte, sie sei mit einer großen Menge moralischer Gebrechen behaftet, dagegen aber mit guten Eigenschaften sehr kärglich ausgestattet. Seine Liebe zu ihr erkaltete immer mehr und mehr, und er wendete seine ganze Zärtlichkeit ausschließlich der kleinen, allerliebsten Mathilde zu. Sie war jetzt sein Augapfel, sein Stolz, sein theuerstes Kleinod, und Marie ward für ihn blos ein Wesen, welches er sich verpflichtet, zu erziehen und zu versorgen.

So hatte Marie ihr achtes und Mathilde ihr fünftes Jahr erreicht, als die kleine Ebba eine neue Unruhe in dem eifersüchtigen Mutterherzen erweckte, und dies um so mehr, als, abgesehen von Ebba's Verlassenheit, ihr lebhaftes Wesen seit dem Hintritt ihres Vaters sie zu dem ganz besondern Günstling des Barons gemacht hatte. Ueberdies war sie ja die Tochter seiner Schwester und seines geliebten Freundes, und besaß keine Stütze als ihn und ihre Tante, die Oberstin.

Der Baron hatte ausdrücklich erklärt, es sei sein Wille, daß Ebba in allen Dingen ebenso behandelt werde wie Mathilde. Wie Marie behandelt ward, daran dachte er nicht mehr, denn diese besaß schon als Kind jene geduldige und verschlossene Gemüthsart, in deren Folge sie sich ohne Murren vergessen und zurückgesetzt sah, und sich gern für Mathilde opferte, weil sie einsah, wie theuer diese sowol ihrem Vater als ihrer Stiefmutter sein mußte. Wenn ihre Umgebung sie vergaß, zog sie sich in sich selbst zurück, ohne daß sie sich auch nur durch ein einziges Wort oder einen Seufzer bemerkbar zu machen suchte.

Von der Zeit an, wo Ebba in das Haus aufgenommen ward, begann ein beinahe ununterbrochener Zwist zwischen dem Baron und seiner Gattin. Letztere sah nur die Fehler des Kindes, und ersterer wollte nicht davon sprechen hören.

Die Baronin sorgte sich ab. Sie sah in ihrer Einbildung dieses fremde Kind im alleinigen Besitz der Liebe und Zärtlichkeit, welche doch ausschließlich Mathilden gehörte. Es dauerte nicht lange, so hegte sie sogar Haß gegen die kleine vater- und mutterlose Waise, welche munter und froh, lebhaft und zutraulich an dem Baron hing.

Im Uebermaß ihrer unruhigen Träume weihte sie ihre heranwachsende Tochter, die sie ohnehin schon gründlich verzogen, in ihre Furcht ein, und stellte Ebba als einen Feind von Mathildens Glück dar

Diese, welche schon von ihrer zartesten Kindheit an einen entschiedenen Hang zum Eigensinn und zur Eitelkeit verrathen, welche Fehler durch beständige Erfüllung ihrer Wünsche und durch unaufhörliche Schmeicheleien von der Mutter fleißig genährt wurden, faßte sehr bald einen stets wachen Neid und Groll gegen Ebba.

Das Bestreben der Mutter, das Herz des Vaters ausschließlich ihrer eigenen Tochter zuzuwenden, hatte bei Mathilde dasselbe Bemühen hervorgerufen. Sie ward förmlich darauf eingeübt, das zu thun, was dem Vater gefiel, nach seinem Sinne zu reden und in allen Dingen seinen Wünschen zu entsprechen.

Dieses fortwährende Bemühen, sich zu ihrem Vortheil zu zeigen, diese Absicht, zu gefallen, nährte aber in dem Kinde zwei verwerfliche Eigenschaften.

Die eine war, daß sie jede Rolle, die ihr beliebte, mit Leichtigkeit spielen lernte, daß sie schien, was sie nicht war, und Tugenden heuchelte, die sie nicht besaß.

Die andere Eigenschaft war die, daß sie dieses Talent benutzte, um sich einzuschmeicheln.

Die Folge hiervon war, daß Mathildens Hauptleidenschaft in einer unüberwindlichen Gefallsucht, in einem ewigen Jagen nach Huldigungen und in einem unaufhörlichen Spiel mit den Gefühlen anderer bestand, obschon sie selbst gegen die Personen, die sie beherrschen wollte, äußerst gleichgültig sein konnte.

Trotz dieser verkehrten Erziehung hatte sich aber doch ein wahres und reines Gefühl ausgebildet, — die Liebe zu ihrem Vater.

Von ihrer frühesten Kindheit an sah sie in ihm ein Wesen von höherer und edlerer Art als alle andern, und welches durch seine Ueberlegenheit vorzugsweise zur Liebe und Verehrung berechtigt wäre.

So hatte die Mutter ihn der Tochter dargestellt, und so zeigte er sich auch ihr selbst. Der Baron war auch in der That durch seinen edeln Stolz, seine unbeugsame Festigkeit, seinen Gerechtigkeitssinn, durch sein warmes Herz und sein strenges, unbestechliches Ehrgefühl ganz geeignet, sowol Liebe als Verehrung einzuflößen.

Unbeweglich streng gegen sich selbst in allem, was die Gesetze der Ehre betraf, und mit einer beinahe romantischen Achtung vor seinem Namen und seiner Geburt, war er in allen seinen Handlungen ritterlich, und forderte von allen, die ihn umgaben, unbedingt, daß sie seine Empfindlichkeit gegen alles theilten, was im mindesten einen Schatten auf seine oder ihre eigene Ehre werfen konnte.

Selbst mit großer Selbstbeherrschung ausgerüstet, betrachtete er jeden Ausbruch von zügelloser Heftigkeit oder leidenschaftlicher Uebereilung als Fehler, deren sich jemand, welcher der höhern Gesellschaftsklasse angehörte, niemals schuldig machen dürfe.

Wenn daher die kleine Mathilde in ihrer Wildheit mit den Füßen stampfte und laut schrie, und ihre schwache Mutter die nahenden Tritte des Barons vernahm, schloß sie die Kleine in ihre Arme, und versprach ihr alles, was sie haben wollte, dafern sie sich bei Papas Eintritt ruhig und artig zeigte.

Die Thür öffnete sich und der Vater sah nur das in aller Eile so liebenswürdig gewordene Kind, ohne zu ahnen, daß es noch den Augenblick vorher eine kleine Furie gewesen und jetzt vor ihm blos eine eingelernte Rolle spielte. Hörte Mathilde die Tritte ihres Vaters nicht mehr, so überließ sie sich sofort wieder ihrem boshaften, zügellosen Sinn.

Einmal hatte ein Diener das kleine Fräulein verklagt und der Vater sie gestraft; die Mutter schaffte aber den Kecken, der sich unterstanden zu klagen, sofort aus dem Hause.

Abgesehen hiervon, gewöhnte Mathilde sich daran, in Marie blos eine der Personen zu sehen, welche sich geduldig ihre Beleidigungen gefallen lassen, und gleichwol sie bedienen und amusiren müßten, denn Marie that dies alles, ohne daß sie gewagt hätte, dem Vater auch nur mit einem Wort zu sagen, was für ein Quälgeist Mathilde war, wenn er sie nicht sah. Marie liebte ihren Vater so innig, daß sie sich lieber allem unterwarf, als ihn durch die Entdeckung betrüben wollte, daß sein kleiner Abgott Mathilde etwas ganz anderes war, als er sich vorstellte.

Ebba dagegen, welche durchaus keine Lust hatte, sich

zum Opfer für Mathilde zu machen, und überdies selbst ihre kleinen Launen hatte, sowie sie auch gleich von Anfang an sich mehr zu Marie hingezogen fühlte, sprang, wenn Mathilde garstig und boshaft ward, sofort zu ihrem Onkel und beklagte sich.

Die Folge hiervon war allerdings zuweilen eine heilsame Züchtigung für Mathilde, aber auch der immer höher steigende Groll der Baronin gegen Ebba, welche die Ursache davon war. Ebba ward dann allemal von Leonore allein ins Gebet genommen und ihr bei Strafe verboten, sich wieder über Mathilde zu beschweren.

Jahre vergingen während dieses Parteikampfes zwischen dem Baron und Leonore. Die Oberstin, welche während ihrer Besuche bei ihrem Bruder Leonorens Abneigung gegen Ebba, und Mathildens bis zur Leidenschaft gesteigerte Eifersucht bemerkt, erbot sich, ihre Nichte zu sich zu nehmen; aber davon wollte der Baron nichts wissen. Er hatte einmal versprochen, Ebba's zweiter Vater zu sein, und dies wollte er auch bleiben. Ein altes Sprichwort sagt: „Frauenwille, Gottes Wille", und die Wahrheit dieses Sprichworts bekräftigte auch die Baronin Leonore, welcher es endlich gelang, durch ihr fortwährendes Schelten über Ebba's Fehler die Zärtlichkeit des Barons ziemlich abzukühlen, obschon dieselbe immer noch sehr groß war.

So hatten die Mädchen, Mathilde ihr vierzehntes und Ebba ihr dreizehntes Jahr erreicht, als Leonorens Bruder, Graf Hjelm, der mehrere Jahre in England gelebt, einen Besuch in Schweden und bei seiner Schwester machte. Während seines Aufenthalts im Hause beschäftigte er sich viel mit den drei heranwachsenden Mädchen und suchte ihre verschiedenen Gemüthsarten zu durchschauen.

Er sah sehr bald ein, wie tadelnswerth seine Schwester sich in Bezug auf die Erziehung dieser Kinder benahm, und machte ihr hierüber sehr ernste Vorstellungen. Dies hatte aber blos die Folge, daß Ebba, zu welcher der Graf besondere Zuneigung gefaßt, von seiner Schwester nur um so mehr gehaßt ward.

Eines Abends fuhren die Mädchen unter Aufsicht ihrer Gouvernante auf das Wasser hinaus, um zu angeln. Ebba fing sehr viel Fische, Mathilde aber gar keinen, worüber sie sich so ärgerte, daß sie aus Neid alle Fische, welche Ebba gefangen, wieder ins Wasser warf.

Ebba, die sich über ihren Fang nicht wenig gefreut, ward natürlich sehr betrübt und fing an zu weinen.

„Schäme dich, Mathilde; wie garstig du bist! Das sollte Papa wissen!“ rief Marie unwillkürlich, als sie Ebba's Kummer sah.

„Von dir brauch' ich mich nicht ausschelten zu lassen“, schrie Mathilde und warf die Angelruthe so heftig von sich, daß sie Marie damit ins Gesicht schlug. „Daß du dich nicht unterstehst, zu plaudern“, setzte sie hinzu, „denn dann verklage ich dich bei Mama.“

„Wenn ich mich aber nun selbst unterstehe zu klagen?“ rief Ebba heftig.

„Das solltest du nur wagen, du, welche bei meinen Aeltern das Gnadenbrot ißt! Mama ließe dich sogleich aus dem Hause werfen, denn du bist weiter nichts als ein Bettelkind und —“

Mehr hatte Mathilde nicht Zeit zu sagen, Ebba's Hand traf mit lautem Geklatsch ihre Wange. Außer sich vor Wuth stürzte Mathilde sich auf sie, und bei dem heftigen Zusammenstoß verlor Ebba das Gleichgewicht und fiel ins Wasser, wobei sie vor Schrecken Mathilden fest am Kleide packte und sie mit sich in das nasse Element hinabzog. Die beiden Ruderer fischten die beiden Mädchen wieder heraus, und schafften sie, bis auf die Haut durchnäßt, nach Hause.

Die Baronin bekam Krämpfe und stellte die Sache später so dar, als hätte Ebba Mathilden thätlich überfallen und dabei diese und sich in das Wasser gestürzt.

Die Gouvernante wagte nicht, der Baronin zu widersprechen, und sowol Mariens als Ebba's Angaben wurden für Erdichtungen erklärt, die sie blos ersonnen, weil sie Mathilden nicht leiden könnten.

Der Baron ward darüber sehr zornig und befahl, daß Ebba zur Strafe für ihre Unart nicht an seinem Tisch essen solle.

Leonore benutzte nun die Gelegenheit und suchte ihn zu überreden, das Mädchen ganz aus dem Hause zu thun. Sie weinte und bat, versicherte, sie könne als Mutter nicht ruhig leben, weil Ebba's wilder, zügelloser Sinn im höchsten Grade schädlich auf Mathildens sanftes Gemüth einwirken müsse, ja Ebba könne durch ihren Hang zu Gewaltthätigkeiten Mathilden am Ende eine schwere körperliche Beschädigung zufügen.

Als der Graf, Leonorens Bruder, die schiefe und unwahre Schilderung angehört hatte, welche seine Schwester von den Temperamenten der Mädchen gemacht, sprach er ernsthaft mit dem Baron, zeigte ihm die unglücklichen Folgen, welche entstehen würden, wenn er Ebba noch länger im Hause behielte, und erbot sich zugleich, da er unvermählt und kinderlos war, für den Fall, daß er sie als sein Pflegekind mit nach England nehmen dürfte, sie zu adoptiren und zu seiner Erbin einzusetzen.

Sowol der Oberst als die Oberstin schlossen sich dem Grafen an, um den Baron zu überreden, sich diesem für Ebba so höchst vortheilhaften Vorschlag nicht zu widersetzen, und er mußte endlich einwilligen.

Im Herbst begleitete Ebba, jetzt dreizehn Jahre alt, ihren neuen Pflegevater nach England, mit einem Herzen erfüllt von Liebe und Dankbarkeit gegen den Baron und Marie, aber mit einem gewissen Grad von Groll gegen die Baronin und Mathilde.

Vier Jahre später schrieb der Graf und meldete, daß Ebba mit einem Mr. Brandis, Kapitän in der englischen

Flotte, vermählt sei. Ebba schrieb ebenfalls an ihre Verwandten, und man freute sich über ihr Glück.

Zwei Jahre später starb der Graf, und Ebba erbte sein allerdings nicht großes, aber doch recht schönes Vermögen. Zu derselben Zeit ging die Nachricht ein, daß Ebba Witwe geworden sei und beabsichtige, nach Schweden zurückzukehren.

Mathilde wuchs mittlerweile ohne irgendwelche Nebenbuhlerin heran, denn Marie war, als ob sie nicht existirte. War Mathilde schon als Kind hübsch und anziehend gewesen, so ward sie als Mädchen bezaubernd schön, und besaß eine durch ihre verderbliche Erziehung im höchsten Grade ausgebildete Fähigkeit, durch die verführerischen Eigenschaften, welche sie zu heucheln oder in ihr Wesen zu legen wußte, alle für sich einzunehmen.

Die Schwäche ihres Vaters für sie kannte nun keine Grenzen mehr. Er sah an ihr nur ausgezeichnete und glänzende Anlagen.

Als Mathilde ihr siebzehntes Jahr zurückgelegt hatte, machte die Familie während des Sommers einen Besuch in Ljungstahof.

Die beiden Söhne des Obersten, Max und Karl, waren zu dieser Zeit auch zu Hause. Max, der im königlichen Cabinet angestellt war, hatte ein ernstes, fast melancholisches Temperament; er war leidenschaftlich, aber empfindlich, mistrauisch und unbeugsam.

Karl, einige Jahre jünger, jetzt Lieutenant, später Rittmeister, besaß dagegen einen aufrichtigen und offenen Charakter und ein heiteres, lebensfrisches Temperament. Er war gefällig, warmherzig und ritterlich.

Die äußere Erscheinung des ältern Bruders stimmte mit seinem Charakter überein; denn er hatte schwärmerisch glühende Augen, edle, feine Züge und eine fast gebieterische Haltung. Sein ganzes Aussehen war mehr vornehm als schön.

Karl dagegen hatte regelmäßigere, beweglichere und

ausdrucksvollere Züge, lebhafte und seelenvolle Augen, eine männliche, ungezwungene Haltung und konnte mit vollem Grunde ein schöner Mann genannt werden.

Mit diesen ihren beiden Cousins sollte Mathilde einen ganzen Sommer in täglicher Berührung leben und Gelegenheit erhalten, ihre nun vollkommen entwickelte Begierde, zu fesseln und sich angebetet zu sehen, in Anwendung zu bringen. Man brauchte kein Prophet zu sein, um voraus zu sehen, daß das schöne, blendende, der Macht ihrer Vorzüge sich vollkommen bewußte Mädchen den Herzen der jungen Männer äußerst gefährlich werden würde.

Karl gerieth sofort in Feuer und Flammen, liebte und überließ sich seinen Gefühlen mit der ganzen Wärme der Jugend. Er sah nur Mathilde, folgte ihr überall hin und bot alles auf, um ihre geringsten Wünsche zu befriedigen. Er that mit einem Wort alles, was ein liebendes Herz thut, wenn es Gegenliebe gewinnen will.

Mathilde theilte ihre Gunst ganz unparteiisch zwischen beiden Brüdern; wenn sie aber ja einmal der Stimme ihrer Gefühle aufmerksames Gehör lieh, so sprach dieselbe gleichwol für Karl am lautesten.

Max liebte Mathilde mit jener stummen Liebe, welche gerade deshalb an Stärke zunimmt, weil sie ohne Einwirkung äußerer Gegenstände in der Brust verschlossen gehalten wird, und hier den Widerstand der Ueberlegung und Vernunft zu bekämpfen hat. Er war gegen Mathilde artig, zuvorkommend, zuweilen sogar herzlich: aber dies war auch alles. Seine Zurückhaltung ärgerte sie und reizte ihre Eitelkeit, sodaß sie sich vornahm, ihn zu besitzen, ihn zu ihrem Sklaven zu machen.

Karl hatte dagegen ihr am Abend vor der Abreise des Barons seine Liebe erklärt, und Mathilde auch die ihrige gestanden. Sie wechselten das Gelübde der Treue und kamen überein, daß Karl im Herbst, wo sie in der Hauptstadt zusammentreffen würden, bei Mathildens Vater um ihre Hand anhalten solle.

Am nächstfolgenden Tage reiste die Familie des Barons ab.

Ein Monat war seitdem vergangen, als auch Max und Karl sich anschickten, das Vaterhaus wieder zu verlassen. Einige Tage vor ihrer Abreise trat Max in Karl's Zimmer und sagte:

„Weißt du, daß unser Onkel und seine Familie schon nach Stockholm abgereist sind, und folglich dort eher eintreffen werden als wir?“

„Nein, davon habe ich, als Mama den Brief der Tante, der mit der vorletzten Post einging, vorlas, nichts gehört. Woher weißt du es denn?“

„Von Mathilde. Ich erhielt heute einen Brief von ihr“, entgegnete Max lächelnd.

„Du hast einen Brief von Mathilde erhalten?“ rief Karl heftig aufspringend.

„Allerdings“, antwortete Max. „Unser Briefwechsel soll freilich ein Geheimniß bleiben; mit dir aber, als meinem Bruder, mache ich natürlich eine Ausnahme. Ueberdies werden unsere beiderseitigen Gefühle bald allgemein bekannt werden, wenn wir Braut und Bräutigam sind.“

„Was schwatzest du da für Geschichten?“ fragte Karl, und sein Gesicht verzerrte sich krampfhaft.

Max heftete einen forschenden und argwöhnischen Blick auf ihn, indem er sagte:

„Aber, Karl, was bedeutet deine Heftigkeit? Sollte deine Aufmerksamkeit gegen Mathilde etwas mehr zu bedeuten gehabt haben als gewöhnliche Salon-Courtoisie? Wenn dem so wäre —“

„Jetzt ist nicht die Rede von mir; sondern von Mathilde“, antwortete Karl und ballte die Fäuste.

„Von Mathilde? Du hast recht“, sagte Max, trat Karl einen Schritt näher und setzte in dumpfem Ton hinzu: „Wenn sie mit mir gespielt hätte; wenn sie dich liebte, so —“

„Nun, was würde dann geschehen?“ rief Karl.

„Dann schösse ich mir eine Kugel vor den Kopf“, antwortete Max mit furchtbarer Ruhe.

Karl betrachtete einige Augenblicke lang die entschlossene, unheilverkündende Miene seines Bruders, dann fuhr er sich mit der Hand über das Gesicht und sagte:

„Max! Dergleichen heftige Aeußerungen führen nur zu Misverständnissen. Laß uns ruhig miteinander sprechen.“

„Ich soll ruhig sprechen, nachdem deine Worte den gewaltsamsten Sturm in meiner Brust erweckt haben, nachdem ich angefangen, an ihr und an allem zu zweifeln?“ rief Max, indem er seinen Bruder hart am Arm faßte.

„Zwischen zwei Männern sollte dies aber doch möglich sein“, bemerkte Karl mit verhaltener Gemüthsbewegung.

Max warf sich auf das Sofa, und Karl setzte hinzu:

„Sage mir jetzt, in welchem Verhältniß du zu Mathilde stehst. Dann werde ich mich erklären.“

„Nein, dies mußt du zuerst thun, denn sonst könntest du mich belügen.“

„Diesen Argwohn hättest du nicht aussprechen sollen, denn es liegt darin ein Zweifel an meiner Ehre und an meiner brüderlichen Liebe. Ich verlange jetzt, daß du zuerst sprichst, weil ich nicht der bin, der dich beleidigt hat“, sagte Karl.

„Antworte mir: Liebst du Mathilde?“ fragte Max.

„Ich habe geglaubt, sie zu lieben“, antwortete Karl mit einiger Anstrengung.

„Ha, dann hast du mich hintergangen!“ rief Max aufspringend.

„Ich habe ja kein Wort davon gewußt, daß du sie liebtest“, entgegnete Karl. „Ich habe dir nun aufrichtig geantwortet und erwarte, daß du mit Ruhe mir alles sagst, damit wir Brüder bleiben und nicht einer des andern Nebenbuhler werden.“

„Es mag geschehen“, sagte Max und erzählte nun, daß er einige Tage vor Mathildens Abreise ihr seine Liebe erklärt, daß sie ihm geantwortet, sie sei ihrer eigenen Gefühle nicht sicher, sondern wolle sich erst darüber klar zu werden suchen; dabei aber gestehe sie, daß sie ihn herzlich liebhabe und ihn mit der Zeit lieben zu können hoffe.

Seine Bitte, ihm mittlerweile zu erlauben, ihr zu schreiben, hatte Mathilde ohne Bedenken mit einem freundlichen Ja beantwortet. Nach ihrer Abreise hatte demgemäß der Briefwechsel begonnen, und alles hatte Max zu der Hoffnung berechtigt, daß er geliebt werde.

Obschon Mathilde an keiner Stelle ihrer Briefe dies in bestimmten Worten sagte, so war doch der Ton in ihren Briefen überhaupt von der Art, daß es sehr verzeihlich war, wenn Max sich als den Auserkorenen ihres Herzens betrachtete.

Karl hörte seinen Bruder mit anscheinender Ruhe an; in seiner ehrlichen Brust aber regten sich sowol leidenschaftliche als bittere Gefühle, welche schon eine tiefe Verachtung gegen die junge Dame erweckten, die auf diese Weise mit beiden Brüdern gespielt und wenigstens *einen* davon betrogen hatte. Max schloß mit den Worten:

„Mathilde hat auf diese Weise eine feste Hoffnung in mir genährt und durch halbe Versprechungen meine Gefühle zu dem Grade gesteigert, daß, im Fall sie blos mit meinem Herzen gespielt hätte, mir nichts anderes übrigbliebe, als mir eine Kugel vor den Kopf zu schießen. Meine Liebe ist kein Alltagsgefühl. Ich liebe mit einer Leidenschaft, welche nicht die Möglichkeit begreift, zu entsagen und dennoch zu leben. Sage nun, Karl, welche Versprechungen, welche Hoffnung hat sie wol dir gegeben?“

„Ich habe nichts von Mathilde zu hoffen“, entgegnete Karl. „Allerdings hab' ich mein Gefühl für Liebe angesehen; aber ich finde doch, daß es im Vergleich mit dieser starken Leidenschaft diesen Namen nicht verdient."

Karl reichte, indem er dies sagte, seinem Bruder mit wehmüthigem Lächeln die Hand und setzte dann hinzu:

„Gebe Gott, daß du an Mathildens Seite glücklich werdest. In mir sollst du niemals wieder einen Nebenbuhler, sondern nur, wie früher, einen redlichen, brüderlichen Freund finden."

Karl drückte dem Bruder die Hand und verließ dann rasch das Zimmer.

Eine Woche später befanden sich beide Brüder in Stockholm.

„Wann gedenkst du den Onkel und seine Familie zu begrüßen?" fragte Max am Morgen nach ihrer Ankunft, als die Brüder einander im gemeinsamen Speisezimmer trafen.

„Heute oder morgen", war die Antwort.

Karl ging auch in der That einige Stunden später, seine Verwandten zu besuchen. Der Zufall wollte, daß er Mathilde und Marie allein zu Hause antraf.

„Ich möchte dich bitten, mir einige Worte unter vier Augen mit dir zu gestatten", sagte er zu Mathilde, welche sofort mit ihm in ein anstoßendes Cabinet trat.

„Mathilde, ich komme, um die Erklärung zurückzunehmen, die ich dir einmal in Bezug auf meine Gefühle machte, und um dir dein Gelübde der Treue zurückzugeben", sagte Karl in kaltem Ton.

„Was sollen diese Worte bedeuten?" rief Mathilde und sah ihn überrascht, beinahe bestürzt an.

„Sie bedeuten, daß du entweder mit mir oder mit Max, oder vielleicht mit uns beiden gespielt hast, und ich, Mathilde, bin nicht der Mann, der mit sich spielen läßt", entgegnete Karl. „Liebst du Max, so verzeihe ich dir; liebst du ihn aber nicht, so verachte ich dich."

„Karl!" rief Mathilde und ward sehr bleich; „ich liebe Max nicht und habe ihn niemals geliebt, weil ich dich liebe. Ich habe mir blos das Vergnügen gestattet, mich von ihm angebetet zu sehen."

„Dasselbe würdest du sicherlich auch Max antworten, wenn er jetzt an meiner Stelle vor dir stünde, nicht wahr?" fragte Karl.

„Nein, nein! Ich werde ihm schon heute sagen, daß alles ein Spiel gewesen ist, und daß ich nur dich liebe."

„Das sollst du nicht", rief Karl und faßte Mathilde hart am Arme. „Das sollst und wirst du nicht, denn ich liebe dich nicht mehr, während er dagegen seine ganze Hoffnung auf dich gesetzt hat. Du mußt sein Weib werden, da du auf so herzlose und niedrige Weise mit seiner Ruhe zu spielen gewagt hast, oder ich erkläre vor der ganzen Welt: Dieses äußerlich so bezaubernde Mädchen hat ein schlechtes Herz, denn sie hat ihr Wort gebrochen und mit dem Herzen eines ehrlichen Mannes gespielt. — Du hast in Max die Hoffnung genährt, daß er von dir geliebt werde, nachdem du mir bereits das Gelübde der Treue geleistet. Ich gebe dir daher dein falsches Gelübde zurück; verlange aber, daß du die Träume verwirklichst, welche du in der Seele meines Bruders erweckt, und daß du diesem verrätherischen Spiel ein Ende machst."

Der Ausdruck in Karl's Gesicht, als er dies sagte, war unbeweglich.

„O Karl", schluchzte Mathilde und faßte seine Hände, „auf meinen Knien will ich Max um Verzeihung bitten. Ich will alles thun, um meinen Fehler wieder gut zu machen; sage nur, daß du mir verzeihest, daß du mich noch liebst, daß du mich nicht verstößest, daß —"

„Mathilde, deine Bitten sind vergeblich. Von einem Mädchen, welches schon in deinem Alter blos um des Vergnügens willen, sich angebetet zu sehen, mit dem zu spielen beginnt, was jeder gefühlvolle Mensch als heilig betrachtet, von einem solchen Mädchen steht nichts Gutes zu erwarten. Ich kann dich nicht mehr lieben. Meine

Liebe erlosch in demselben Augenblick, wo du dich in deiner wahren Gestalt zeigtest. Aber ich fordere — verstehst du mich — ich fordere, daß du in Bezug auf Max deinen Fehler gut machst, daß du ihn nicht ins Unglück stürzest. Meine Achtung und mein Vertrauen kannst du nur dadurch wieder gewinnen, daß du meinem Bruder ein würdiges und zärtliches Weib wirst."

Mit diesen Worten riß Karl sich von ihr los und entfernte sich schleunigst.

Sechs Monate später ward Mathildens Verlobung mit Max gefeiert, welcher sie immer noch bis zur Uebertreibung liebte. Die Partie ward als eine für die Braut sehr vortheilhafte betrachtet, denn der Oberst war unermeßlich reich, während Mathilde dagegen nur ein sehr unbedeutendes Erbe zu erwarten hatte.

Einige Wochen nach der Verlobung ihrer Tochter trat die Baronin, von Marie und Mathilde begleitet, eine Reise nach Italien an; denn ihre Brust war so angegriffen, daß die Aerzte ihr den Aufenthalt in einem mildern Klima verordnet hatten. Der Baron, welcher auf dem Reichstage und mit Staatsangelegenheiten beschäftigt war, hatte keine Zeit, seiner Gattin Gesellschaft zu leisten.

Die Baronin verweilte ein Jahr in Neapel, wo Max sie nun aufsuchte. Ebba und ihr Gatte waren mit der Baronin und ihren Töchtern ebenfalls in Neapel zusammengetroffen, aber schon wieder nach England zurückgekehrt, ehe Max ankam.

Von Neapel begab sich die Baronin, von Mathilde, Marie und Max begleitet, nach Rom, wo man sich wieder einige Monate aufhielt.

Hier ward nun auf einmal in aller Eile beschlossen, daß die Verlobten vermählt werden sollten. Nachdem dies geschehen, reiste die Baronin allein nach Pisa.

Die Neuvermählten und Marie machten mittlerweile einen Ausflug nach einer andern Richtung und trafen erst drei Monate später in Pisa ein. Der Gesundheitszustand der Baronin hatte sich so verschlimmert, daß sie nicht im Stande war, die Reise fortzusetzen, und man mußte in Pisa bleiben und warten, bis es mit ihr wieder besser gehen würde.

Max liebte seine junge Gattin mit jener heftigen Leidenschaft, welche gewöhnlich Eifersucht und Unruhe gebiert, und in ihrem Schose ebenso viele Qualen als Freuden birgt. Oft, wenn Mathilde durch ihre Launen und ihren Kaltsinn ihn peinigte, sagte er zu ihr:

„Sollte ich einmal die Ueberzeugung gewinnen, daß du mich nicht liebst, daß du nicht der liebevolle Engel bist, als welchen ich dich mir geträumt, dann würde ich hart gegen dich werden.“

Wenn er aber dies sagte, lächelte Mathilde und sah ihn mit einem so verführerischen Blick an, daß er sich wieder glücklich fühlte und bethört zu ihren Füßen sank.

Max war seit sechs Monaten vermählt, als Karl, der ebenfalls eine Reise ins Ausland gemacht hatte, in Pisa ankam.

Einige Tage nach seiner Ankunft verfiel Max auf eine sonderbare fixe Idee.

Er wollte sich von seiner Gattin trennen.

Es wurden alle möglichen Versuche gemacht, um ihn zu bewegen, diesem Entschlusse zu entsagen; aber es war alles vergeblich.

Mittlerweile starb die Baronin, und ein Jahr später hatte das Gesetz das Band gelöst, welches Max und Mathilde vereinte.

Die geschiedene junge Frau kehrte nach Schweden zurück.

Max schien in Bezug auf seinen Verstand gelitten zu haben, und blieb mit seinem alten Diener, dem einzigen Menschen, dessen Gesellschaft er ertrug, hartnäckig in Italien zurück. Karl's Anblick schien auf den gemüthskranken Bruder nur eine peinliche Wirkung zu äußern, weshalb ersterer, als er sah, daß er mit seiner

Nähe nichts Gutes ausrichten konnte, ebenfalls nach Schweden zurückkehrte.

Dabei aber war er in seiner Denkweise und seinem Benehmen jetzt so verändert, daß man ihn kaum wiedererkannte. Bei jeder Gelegenheit gab er tiefe Verachtung gegen das ganze weibliche Geschlecht und eine oft an Bosheit grenzende Bitterkeit gegen Mathilde zu erkennen, welche ihrerseits anfangs alles aufbot, um ihn milder gegen sie zu stimmen. Aber alle diese Versuche der schönen Frau wurden von Karl mit Kälte und Verachtung zurückgewiesen.

Eine Erbschaft, welche einige Zeit darauf Mathilden zufiel, versetzte sie in eine unabhängigere Lage. Ueberdies genoß sie allgemeine Theilnahme, weil sie noch so jung und schön sich von einem Manne hatte trennen müssen, welcher wahnsinnig geworden war.

Nach diesen Aufschlüssen knüpfen wir den Faden unserer Erzählung wieder an.

Fünftes Kapitel.

Wir überspringen ungefähr einen Monat und versetzen uns in die ersten Tage des Juni, um zu schildern, was sich auf Ljungstahof, der Besitzung des Oberst Eldner, zuträgt, wo wir die in unserer Erzählung handelnd auftretenden Personen versammelt finden.

Der Oberst war ein munterer, rühriger, alter Mann, der noch nicht die Zeit vergessen hatte, wo er selbst ein munterer, lebenslustiger Lieutenant gewesen war.

Seine Gattin, die älteste Tochter des Baron Remmer, war eine Frau von reinem, sanftem und gutem Herzen, welche die Freude der Jugend gern sah, obschon seit der Zeit, wo Max gemüthskrank geworden, eine gewisse Schwermuth auf ihrem ganzen Wesen ruhte.

Ebba, die Witwe des englischen Kapitän Brandis, hatte sich schon seit einigen Jahren bei ihrer Tante, der Oberstin, in Pension gegeben, und verweilte daher ebenfalls in Ljungstahof.

Außerdem finden wir hier während des Sommers den Lieutenant Thorenhjelm, den Lieutenant Fries, einen Maler und einen Ingenieur. Nimmt man hierzu noch einige muntere und reiche Nachbarn, so sieht man ein, daß der Aufenthalt hier ein sehr einladender sein mußte.

Beinahe hätten wir vergessen zu erwähnen, daß auch ein Kind da war, ein Knabe, über dessen Herkunft sich der ganze Ort in einem Zustand beklagenswerther Unkenntniß befand.

Der Oberst hatte vor sechs Jahren eines Tags, als er von einer Reise nach Stockholm zurückkehrte, den Knaben mitgebracht. Weiter wußte man nichts.

Natürlich verlor man sich in eine Menge Vermuthungen; aber unter hundert derselben gab es auch nicht eine, welche der Wahrheit nahe gekommen wäre, und wir dürfen das Geheimniß nicht zur Unzeit verrathen.

Die verwitwete Kapitänin Ebba Brandis, die Nichte und Pflegetochter des Barons, war eine anziehende Dame, nicht schön, aber unbeschreiblich lebhaft und heiter. Sie hatte ein edles Gesicht, die schönsten Zähne, tiefliegende, seelenvolle Augen und einen schlanken, zierlichen Wuchs. Allerdings wurde hier und da behauptet, sie sei etwas gefallsüchtig; wenn aber darin etwas Wahres lag, so machte dies sie nur noch angenehmer. Sie lachte viel, tanzte gern, liebte körperliche Bewegung und lächelte oft über ihren Nächsten. Alles dies that sie aber mit so unschuldiger Natürlichkeit, daß es niemals jemand einfiel, sie boshaft zu nennen.

Was Schönheit betraf, so wäre Ebba neben Mathilde kaum bemerkt worden, wenn sie nicht verstanden hätte, an der Seite dieser Nebenbuhlerin so viel Geist und Witz in ihre Conversation und ihr ganzes Wesen zu legen, daß man sich unwillkürlich genöthigt sah, seine Aufmerksamkeit zwischen beide zu theilen.

Ebba war exaltirt, warmherzig und gut, von beweglicher, lebensfrischer Gemüthsart, sodaß der Kummer sie wol heftig ergreifen, aber niemals ein langwieriger Gast in ihrer Seele und noch weit weniger beschwerlich für ihre Umgebung werden konnte. Sie weinte am liebsten allein, und versparte den Schmerz und Kummer auf ihre einsamen Augenblicke. Sie dachte: Die Freude will ich mit andern theilen; meine Leiden aber behalte ich für mich selbst.

Was das Alter betraf, so zählte Ebba jetzt sechsundzwanzig Jahre.

Nachdem wir auf diese Weise die Charaktere der handelnden Personen geschildert, wollen wir sehen, wie die drei Damen sich die Zeit vertreiben und welche kleine Intriguen sie vorhaben; denn ohne solche können drei beschäftigungslose Töchter Eva's nicht wohl beisammen leben.

Es ist wunderbar, welche natürliche Anlagen die Frauen zu dergleichen haben, und wahrscheinlich ist es auch dieser Hang, dem sie ihre Fruchtbarkeit als Schriftstellerinnen zu danken haben. Die Wirklichkeit und das Alltagsleben bieten oft einen allzu beschränkten und unbequemen Schauplatz für das Ausspinnen der feinen Fäden des Romans, und deshalb greift man zur Erdichtung, deren Feld ein unbegrenztes ist.

Um jedoch allen weitern Betrachtungen über dieses Thema auszuweichen, mache ich meinen überlegenen Colleginnen blos eine demüthige Verbeugung, und trete nun an einem schönen Juniabend in den Salon von Ljungstahof, wo ich die ganze Gesellschaft versammelt finde.

Ebba, der Oberst und der Lieutenant lachen wie toll; die Oberstin und Marie lächeln; der Rittmeister sieht ironisch aus; der Maler trommelt an einer Fensterscheibe, und der Ingenieur sitzt verdrießlich in einer Ecke des Salons; Mathilde zeigt eine bekümmerte Miene und der Graf — sieht nur sie.

„Es ist doch entsetzlich, daß Ebba über ein solches Unglück lachen kann“, sagte Mathilde in misvergnügtem Ton, und etwas, was einer Thräne glich, schimmerte in ihren großen, schönen Augen.

„Nun, mein Gott, ich konnte doch nichts dafür, daß es aussah, als ob die alte Frau mit Eierkörben anstatt der Flügel geflogen käme", rief Ebba, und ebenso wenig brauchst du deswegen zu weinen, liebe Mathilde."

„Aber sie hätte auch den Hals brechen können."

„Gewiß nicht, denn sie fiel ja dem Ingenieur gerade in die Arme", sagte der Oberst lachend.

„Aber bedenke nur ihren Verlust — die vielen zerschlagenen Eier!"

„Diesen Verlust hat Karl auf sich genommen", hob Ebba unter abermaligem lauten Gelächter wieder an. „Er muß den Schmaus bezahlen, da er ja in einem Augenblick mit sechs Schock Eiern tractirt worden ist."

„Die alte Frau hätte sich nicht so hoch hinauf begeben sollen, dann hätte sie auch nicht zu fliegen gebraucht, um herunterzukommen", setzte der Lieutenant hinzu.

„Was zum Teufel mag wol die Alte erschreckt haben, daß sie auf einmal zur Schießscharte herausgefahren kam?"

„Das muß durch nähere Untersuchung aufgeklärt werden, Onkel!" rief Ebba in die Hände klatschend.

„Ich möchte in der That gern wissen, wovon eigentlich die Rede ist", fiel die Oberstin ein. „Ihr habt nun schon eine lange Weile gelacht, geschrien und gelärmt, ohne daß ich im Stande gewesen bin, ein einziges Wort von euerm Geschnatter zu begreifen."

„Ich will das Wenige, was ich weiß, erzählen", sagte der Oberst.

„Ach, lieber Onkel, laß *mich* das thun", rief Ebba und kam herbeigehüpft.

„Dann wird die Tante nicht klug aus der Sache werden. Laßt lieber mich den Vorfall mit Ruhe und Besonnenheit besprechen", fiel Mathilde in sanftem Ton ein.

„Nun wollen auf einmal alle erzählen, und ich werde sonach wahrscheinlich wieder nichts erfahren, wenn nicht der Herr Lieutenant die Güte haben will, die Aufgabe zu übernehmen", antwortete die Oberstin lächelnd.

„Nun denn, Herr Lieutenant, heraus mit der Geschichte! Wir sind Zuhörer!" sagte Ebba und warf sich nachlässig in einen Lehnstuhl. Dann wendete sie sich zu Karl und sagte:

„Nun, wie befindest du dich, mein tapferer Ritter, nach dem Eierbombardement? Sechs alte Schock zu vierundzwanzig Schilling machen drei Reichsthaler. Doch still, ich darf jetzt deine Antwort nicht hören; der Lieutenant hat das Wort.“

Mit diesen Worten warf sie sich in ihren Stuhl zurück und nahm eine sehr aufmerksame Miene an, während der muntere Blick zurückgehaltene Heiterkeit verrieth.

„Als wir von unserer Promenade zurückkehrten, gingen wir an dem Stall vorbei“, begann der Lieutenant. „Der Herr Ingenieur, Karl und Herr Wall gingen ein Stück voraus, und gerade als sie sich mitten vor der Heubodenluke befanden, sahen wir etwas daraus heruntergeflogen kommen, was allerdings einem Menschen glich, aber zwei Flügel hatte und schrie wie ein Zahnbrecher. Das fliegende Phänomen stürzte sich gerade dem Ingenieur in die Arme, und Karl ward in demselben Augenblick von einer Menge weißer Kugeln überschwemmt, welche an seinem Kopfe und seinen Schultern zerplatzten und ihn mit gelber Farbe übergossen. Herr Wall hatte einen großen Klumpen Butter auf den Schädel bekommen und —“

„Mit einem Worte, ein jeder erhielt von der seltsamen Erscheinung seinen bescherten Theil“, unterbrach der Oberst. „Der des Ingenieurs wäre indeß am wenigsten zu verachten gewesen, im Fall das Aussehen des Weibes auf funfzehn anstatt auf funfzig Jahre hätte schließen lassen.“

„Ach, Tante, wenn du die drei glücklichen Ritter gesehen hättest!“ rief Ebba wieder laut lachend: „Karl gelb wie ein Canarienvogel von den zerbrochenen Eiern, Herrn Wall mit seiner schmelzenden Butterkrone auf dem Kopfe, welche wie ein heiliges Oel ihm an den Schläfen herabrann, und endlich den Ingenieur mit der fliegenden

Dame in seinen Armen. Es war ein unvergleichlicher Anblick und das Geld werth", setzte sie, wieder in lautes Gelächter ausbrechend, hinzu.

„Nun und was wurde weiter?" fragte die Oberstin, die sich ebenfalls nicht des Lachens enthalten konnte.

„Ein jeder ging mit dem, was er bekommen, seines Wegs", hob der Lieutenant wieder an. „Die Alte, welche der Herr Ingenieur in die Küche ablieferte, behauptet, der lebhafte Gottseibeiuns sei ihr auf dem Heuboden erschienen, sodaß sie in ihrem Schrecken und um seiner nähern Bekanntschaft zu entrinnen, den ersten besten Weg eingeschlagen, der sich ihr dargeboten habe."

„Ich für meine Person finde den Vorgang mehr der Theilnahme als des Gelächters würdig", bemerkte Mathilde; „denn die Alte ist eine arme Häuslersfrau und wollte in die Stadt."

„Sie haben recht, gnädige Frau", secundirte der Graf; „und sie hätte übrigens auch Schaden nehmen können, wenn —"

„Wenn nicht die Arme des Ingenieurs ihr offen gestanden hätten", fiel der Oberst ein. „Der Teufel soll mich holen, wenn nicht manches Mädchen an ihrer Stelle zu sein gewünscht hätte."

„Nun aber, nachdem wir gelacht und uns amusirt haben, müssen wir bedacht sein, der Alten einen Schadenersatz zu geben und zu ermitteln, was es eigentlich gewesen, worüber sie so erschrocken ist", sagte die Oberstin.

„Das Erstere mußt du thun, das Letztere werde ich übernehmen", sagte der Oberst und ging lachend hinaus.

Mathilde brachte eine allgemeine Sammlung für die verunglückte Eierhändlerin in Vorschlag.

Der Graf war sofort damit einverstanden, und die andern Herren erklärten sich natürlich ebenfalls dazu bereit.

„Nein, liebe Mathilde", rief Ebba, „das ist zu unbillig, daß wir für andere die Butter und die Eier bezahlen sollen, während wir doch nicht den geringsten Genuß davon gehabt haben. Nach meiner Ansicht muß Karl die Eier, Herr Wall die Butter bezahlen, und der Herr Ingenieur der guten Frau das verehren, was ihr nach seiner Ansicht unter Brüdern zukommt. Ich gebe ganz bestimmt nicht zwei Stüber. Komm, Marie, wir wollen uns doch auch nach der Veranlassung zu diesem lustigen Phänomen erkundigen."

Mit diesen Worten verließen Ebba und Marie den Salon.

Mathilde ging mit der Oberstin ebenfalls hinaus, nachdem sie dieselbe mit einigen gewählten Worten ersucht, in ihrem Namen der Alten fünf Reichsthaler zuzustellen.

Die Herren waren nun allein.

„Nun, was sagst du jetzt zu Mathildens Handlungsweise?" fragte der Graf halblaut, indem er sich zu dem Rittmeister wendete.

„Daß dieselbe allzu rührend ist", antwortete der Gefragte in verächtlichem Ton. Dann wendete er sich zu dem Ingenieur und dem Maler und sagte: „Nach Frau Brandis' Ansicht sollten wir es sein, welche die Himmelfahrt bezahlen, nicht wahr?"

„Ja, so klingt es", antwortete der Maler und wendete sich lachend zu dem Rittmeister. „Das Urtheil ist aber ein ungerechtes; denn nur die sollten bezahlen, welche sich blos amusirt und von der Eier- und Buttertaufe nichts zu kosten bekommen haben."

„Ja, erst ausgelacht und dann auch noch zum Geldausgeben gezwungen zu werden, dies ist sehr hart", meinte der Ingenieur.

„Diese Ansicht ist vortrefflich für den, welcher beidem entgangen ist", erklärte der Lieutenant und ging seines Wegs.

Der Graf und der Rittmeister entfernten sich ebenfalls.

„Gestehe, daß deine Cousine Ebba ein unüberlegter

Tollkopf ohne Herz und Verstand ist", hob der Graf an, als sie draußen waren.

„Dies will ich zugeben", entgegnete der Rittmeister; „aber man wird durch sie doch nicht getäuscht, wie durch die beiden andern."

„Bemerktest du nicht, wie wahrhaft weiblich und zartfühlend Mathilde handelte?" fragte der Graf wieder.

„Hast du einmal eine Rattenfalle gesehen?" fragte der Rittmeister.

„Eine Rattenfalle?"

„Ja, eine Rattenfalle. Man steckt ein Stück wohlriechende Lockspeise an den Haken, um das kleine, einfältige Thier, welches nichts Arges ahnt, herbeizulocken", sagte der Rittmeister. „So macht es auch Mathilde. Nimm mir's nicht übel, lieber Freund, du bist auf dem besten Wege, Katzenfutter zu werden. Jetzt will ich ins Hüttenwerk hinuntergehen."

Die beiden Herren trennten sich.

„Frau Remmer ist wirklich gut und zartfühlend", sagte der Ingenieur in begeistertem Ton zu dem Maler. „Sie erlaubte sich keinen Scherz auf unsere Kosten und war die erste, welche der Alten ihren Schaden ersetzen wollte."

„Ich habe sie auch stets bewundert", entgegnete der Maler. „Die Kapitänin dagegen ist allemal die erste, welche über das Misgeschick anderer lacht."

Sechstes Kapitel.

Ebba und Marie wanderten Arm in Arm die Allee hinab in den Hinterhof, wo der Stall sich befand.

„Nun, was ist deine Absicht?“ fragte Marie.

„Den Gottseibeiuns auszugattern“, antwortete Ebba lachend. „Ich bin von jeher neugierig gewesen, diese Notabilität zu sehen.“

In diesem Augenblick vernahmen sie die Stimme des Obersten von der Heubodenluke herunter.

„Aha, du kleiner Wicht, du willst nicht heraus!“ rief er. Du bist wahrscheinlich hier, um Heudiebe hereinzulassen; aber ich will dich sogleich auf andere Gedanken bringen!“

„Ach, Onkel, Onkel! Ich bin es! Schlage mich nicht“, rief eine Kinderstimme.

„Edvard!“ riefen der Oberst und die untenstehenden Damen wie aus einem Munde.

„Der arme Knabe! Was kann er da oben gewollt haben?“ rief Ebba unruhig, eilte in den Stall hinein, die Treppe hinauf und stand im nächsten Augenblick auf dem Heuboden.

Marie war stehen geblieben, horchte aber aufmerksam.

„Was zum Donnerwetter soll das heißen?“ hob der Oberst wieder an. „Du bist ja bemalt und siehst wirklich aus wie der leibhafte Teufel.“

Mit diesen Worten schleppte er den Knaben vor an die Luke. Marie konnte ihn nun sehen.

Der Knabe war ungefähr acht Jahre alt, aber für sein Alter sehr groß. Er war im Gesicht mit rother Farbe bemalt und trug ein paar große Hörner auf dem Kopfe. Ueber seine Kleider hinweg hatte er ein rothwollenes Wams gezogen.

„Warum hast du dich so herausstaffirt?“ schrie der Oberst. Marie sah aber, daß er sich blos zornig stellte, um den Knaben Angst zu machen.

„Wenn du mich losläßest, Onkel, will ich antworten“, sagte der Knabe, ohne im mindesten zu erschrecken. „Du brauchst nicht zu fürchten, Onkel, daß ich zu der Luke hinausspringe, wie das alte, dumme Weib that.“

„Was, du Bengel, du unterstehst dich noch, witzeln zu wollen? Ich hätte die schönste Lust, dich auf demselben Wege hinausfliegen zu lassen wie die alte Frau, die du beinahe zu Tode erschreckt hast!“

Mit diesen Worten packte der Oberst den Knaben am Genick, hatte aber nicht Zeit, ihn emporzuheben, denn in demselben Augenblick stand auch schon Ebba neben ihm.

„Wenn du Herrn Beelzebub hinunterwirfst, Onkel, so stürze ich mich ihm nach!“ rief sie.

„Und ich fange ihn in meinen Armen auf“, sagte Marie lachend. „Laß ihn daher die Treppe herunterkommen, dann wird und muß er beichten.“

Der Oberst ließ den Knaben los und sagte scherzend:

„Das Weibsvolk hat schon seit der Zeit des Paradieses eine Schwäche für den Satan gehabt. Nehmt ihn denn hin; ich behalte mir aber vor, bei der Beichte zugegen zu sein.“

Einige Augenblicke später befanden sich der Oberst, Ebba und der lose Vogel Edvard neben Marie.

„Nun, du Schelm, was hast du jetzt wieder für Spitzbubenstreiche vorgehabt?" hob der Oberst an.

„Gar keine", antwortete der Knabe lächelnd. „Anders behauptete, der Teufel plage die Pferde, und da wollte ich Anders erschrecken, wenn er Heu holen würde. Während ich aber unter dem Heu versteckt lag und auf Anders wartete, kam etwas Schweres dahergetrabt und hätte mich beinahe erdrückt. Ich sprang daher auf, und die alte Stina von Eknäs stürzte bei meinem Anblick laut kreischend zur Luke hinaus."

Der Knabe lachte, indem er dies erzählte, sodaß ihm die Thränen in die Augen traten. „Ich kehrte hierauf", fuhr er fort, „in mein Versteck zurück, und habe hier gelegen, bis der Onkel kam und mich für einen Heudieb ansah."

„Aber, Edvard, dein kindischer Streich hätte der alten Frau das Leben kosten können, und du hast ihr auf alle Fälle einen großen Verlust zugefügt", sagte Marie ernst.

„O nein, liebe Tante. Ich bin schon oft zu der Luke hinuntergesprungen. Es ist nicht so entsetzlich hoch", antwortete Edvard leichtfertig.

„Ja, für dich, du Wildfang, ist es wol etwas Leichtes, aber nicht für eine alte Frau", sagte der Oberst und knipp den Knaben ins Ohr. „Jetzt gehe, wasche dir die Teufelsfarbe ab und komm dann herauf."

Siebentes Kapitel.

Einige Tage später, ganz zeitig des Morgens, schlugen vier Personen, eine jede für sich, den Weg von Ljungstahof nach dem kleinen Gute Eknäs ein.

Die, welche Ljungstahof zuerst verließ, war der kleine Edvard, der Pflegesohn des Obersten und Skandalmacher auf dem Heuboden. Er lief durch den Park und nahm den Weg gerade durch den Wald. Unter der Jacke hielt er etwas versteckt.

Einige Augenblicke später hüpfte Ebba die Treppe des Hauptgebäudes hinunter, und machte sich auf denselben Weg wie Edvard.

Marie öffnete beinahe zu derselben Zeit die Thür des linken Flügels und ging einen andern Fußweg, der ebenfalls nach Eknäs führte.

Eine Viertelstunde später galopirte der Rittmeister die Landstraße entlang in derselben Richtung.

Wir eilen den vier Personen, welche denselben Gedanken zu theilen scheinen, oder sich vielleicht dort zu treffen versprochen haben, voraus.

Eknäs war ein kleines, elendes Gütchen, und ward von einem jungen Bauer, dem Sohn der alten Stina, bewirthschaftet. Die Frau war gestorben und der Witwer, früher ein fleißiger, arbeitsamer Mann, hatte sich jetzt den Trunk angewöhnt. Seine alte Mutter war eigentlich die, welche, obschon in der größten Armuth, die sechs Kinder erzog.

Der Oberst hatte viel für sie gethan; die immer noch zunehmende Völlerei des Vaters aber steigerte das Elend mit jedem Tage höher.

Die Alte war an dem Tage, wo ihr das Unglück passirte, auf einer Wanderung nach der Stadt begriffen gewesen, um hier ihre Eier und ihre Butter zu verkaufen. Mit reichlichem Ersatz für den erlittenen Verlust hatte sie den Edelhof verlassen.

Jetzt war sie beschäftigt, den Kindern, welche in der Stube um sie herumstanden, ihr Frühstück zu geben. Auf dem Bett lag ihr Sohn und schlief einen Rausch aus.

Gerade als sie dem letzten Kind ein Stück Brot gab, flog die Thür auf, und Edvard sprang, warm und frisch wie der Morgen, in die Stube herein.

„Guten Morgen, Mutter Stina, wie geht es Euch?" rief er.

„Ach, du mein Gott und Schöpfer, das ist ja der junge Herr! Rasch einen Stuhl!"

Mit diesen Worten wischte Stina eiligst einen ihrer alten, wackeligen Stühle ab und setzte ihn Edvard hin.

„Nein, ich danke, Mutter", entgegnete dieser. „Ich wollte blos sehen, ob Euch nichts fehlte; denn Ihr müßt wissen, daß ich es war, der Euch erschreckte."

Zugleich zog Edvard das, was er unter der Jacke versteckt hatte, hervor. Es war ein Säckchen mit Zwieback, den er nun freigebig unter die Kinder austheilte.

„Was um Gottes willen, Sie wären es gewesen, junger Herr!" rief die Alte und schlug die Hände zusammen.

„Ja, ich war es!" antwortete Edvard lächelnd. „Aber

seid nur nicht bös auf mich, sondern nehmt das hier. Mehr hab' ich nicht."

Mit diesen Worten reichte ihr der Knabe einen Silberthaler.

In demselben Augenblick huschte etwas an dem Fenster vorbei, und Edvard rief:

„Da kommt Tante Ebba! Die darf mich nicht sehen!"

Und damit eilte er ans Fenster und sprang hinaus, gerade als Ebba zur Thür hereinkam.

Ausführlich wieder zu erzählen, was Ebba sagte, wäre überflüssig. Die Summe davon war, daß sie sich des ältesten Mädchens annahm und sich bereit erklärte, sie in die Schule zu schicken.

Als sie wieder gehen wollte, sagte sie noch:

„Ihr braucht niemand etwas davon zu sagen, Mutter, daß ich es bin, die für das Mädchen sorgen will. Versprecht mir, dies zu verschweigen."

„Gott segne Sie, mein gutes, gnädiges Fräulein", sagte Mutte Stina; „wenn Sie es einmal so wollen, so werde ich schweigen."

Die Thür öffnete sich abermals und Marie trat ein.

„Ebba, du da!" rief sie erstaunt.

„Ja, liebe Freundin, ich lief Edvard nach, den ich den Weg hierher nehmen sah, und von welchem ich hoffte, er werde mich durch einen neuen Streich amusiren. Als ich aber hier eintrat, sprang er zum Fenster hinaus."

Nachdem Marie der Alten einige Bekleidungsgegenstände für die Kinder gegeben und versprochen, ihrer Gewohnheit gemäß den folgenden Tag wiederzukommen, um eine Stunde mit ihnen zu lesen, wollte sie sich mit Ebba wieder entfernen.

Der Tag war aber einmal zu Begegnungen bestimmt, denn gerade als sie aus dem Hause heraustraten, sprang der Rittmeister vom Pferde.

„Ah, siehe da! Die Damen sind hierher gewallfahrtet!" rief er, indem er Ebba und Marie begrüßte.

„Ja, gerade wie du“, antwortete Ebba lachend; „wahrscheinlich aber aus einer ganz andern Veranlassung. Du bist gekommen, um eine Schuld zu bezahlen, ich blos um zu lachen und Marie, um mir Gesellschaft zu leisten.“

Nachdem Ebba dies gesagt, entfernten sich die beiden jungen Damen.

„Was zum Teufel kann Ebba hier zu thun gehabt haben?“ murmelte der Rittmeister. „Die andere war wol gekommen, um die Barmherzige zu spielen; Ebba aber, diese pflegt sich nicht die Mühe zu nehmen, sich mit einem Heiligenschein umgeben zu wollen, und vielleicht glaube ich ebendeshalb, daß sie besser ist als die andere.“

Mit diesen Worten trat er in das Haus.

Der Besuch des Rittmeisters hatte zur Folge, daß Mutter Stina's Trunkenbold von Sohn fortsollte. Karl übernahm es, für ihn zu sorgen und zu versuchen, ihn von seiner unglücklichen Leidenschaft heilen zu lassen. Schon den folgenden Tag sollte Anders das Dorf verlassen, und nach der Hauptstadt geschickt werden, um hier in die Pflege und Obhut eines Arztes zu kommen, welcher die Trunksucht durch die sogenannte Branntweincur heilte. Als der Rittmeister im Begriff stand, sich wieder zu entfernen, fragte er noch:

„Was wollten denn die Damen?“

„Nun, Fräulein Marie kommt jeden Morgen und liest Gottes Wort mit unsern Kindern, wie sie noch mit mehrern andern im Dorfe thut“, antwortete die Alte.

„Und die Kapitänin?“

Mutter Stina ward verlegen und stammelte:

„Sie kam blos mit.“

„Jetzt redet ihr nicht die Wahrheit, Alte!“ rief der Rittmeister und hob drohend den Finger empor.

„Na, wenn Sie schweigen wollen, gnädiger Herr Rittmeister, so will ich Ihnen die Wahrheit sagen“, entgegnete Mutter Stina. „Die gnädige Frau Kapitänin will für das Mädchen da sorgen, und sie in die

Stadt schicken und in die Schule gehen lassen; aber sie will nicht, daß jemand davon spreche. Sie thut nur im stillen Gutes."

Als der Rittmeister nach Hause ritt, dachte er:

„Was geht es mich an, wie Ebba ist? Sie ist doch, wie ihr ganzes Geschlecht aus lauter Verstellung zusammengesetzt. Dennoch aber liegt in ihrem ganzen Wesen, in allen ihren Handlungen etwas Wahres und ein hochherziges Bemühen, niemals durch sogenannte gute Thaten die allgemeine Aufmerksamkeit auf sich zu ziehen. Aber auch dies kann ja Verstellung sein, obschon ich an ihr noch nichts bemerkt habe, was auf so etwas hindeutete. Es ist doch zum Teufelholen, daß ich niemals aufhören kann, an die Frauen zu denken, obschon ich aus eigener Erfahrung sowol als durch das unglückliche Schicksal des armen Max wissen sollte, daß die Tugenden der Frauen nichts werth sind."

Und er gab ärgerlich seinem Pferde die Sporen und sprengte nach Hause.

Achtes Kapitel.

Mittlerweile hatte Mathilde bei der Morgentoilette ihrer gewaltthätigen Laune gegen Lisette, die sie nicht schön genug machen konnte, freien Spielraum gelassen.

Nachdem sie wie eine Furie innerhalb verschlossener Thüren gerast, trat sie hinaus auf die Treppe, um eine Morgenpromenade zu machen.

Hier begegnete sie dem Grafen, der auf ihrem liebreizenden Antlitz unmöglich auch nur die mindeste Spur von Jähzorn hätte entdecken können. Im Gegentheil sah es aus, als ob diese Lippen niemals etwas anderes sprächen, als sanfte und milde Worte, und man konnte keine anziehendere Erscheinung sehen als Mathilde, während sie, von dem Grafen begleitet, in der großen Allee promenirte, welche nach dem Park hinunterführte.

Das Gespräch kam zufällig auf Ebba.

„Herr Graf, Sie sind in Ihrem Urtheil zu streng", bemerkte Mathilde in dem anmuthigsten Ton. „Ebba ist allerdings etwas leichtsinnig; aber boshaft ist sie nicht, obschon es zuweilen so scheinen kann. Sie hatte schon von ihrer Kindheit an einen heftigen, zu Uebereilungen geneigten Charakter. Mein guter Vater besitzt eine große Schwäche für sie, und sie hat dadurch einen Anstrich von Egoismus erhalten, welcher macht, daß sie nicht immer an ihre Pflichten denkt. Man darf es mit ihr nicht so genau nehmen."

„Wenn alle Menschen so nachsichtig wären wie Sie, Frau Baronin", entgegnete der Graf, „wie unschuldsvoll wäre dann die Welt, und wie verträglich und versöhnlich würden alle Menschen dann sein. Ich wage daher nicht, mich weiter über die Kapitänin zu äußern, obschon ihre Sucht, alles lächerlich zu machen, ganz bestimmt aus einem nicht allzu guten Herzen hervorgeht."

„Lassen Sie uns von etwas anderm sprechen. Es schmerzt mich, an Ebba's Fehler zu denken. Ich möchte dieselben so gern vergessen."

„Kann ich das Glück haben, auf dem beabsichtigten Spazierritt Ihr Cavalier zu sein?"

„Als verlassene Frau habe ich leider niemand, der vorzugsweise das Recht hätte, mein Begleiter zu sein; ich nehme daher Sie, Herr Graf, mit Vergnügen zu meinem Ritter für diesen Tag an", antwortete Mathilde mit wehmüthigem Lächeln.

„Aber warum sprechen Sie Worte, welche an Ihr Leiden in der Wirklichkeit erinnern?"

„Weil wir in derselben leben, Herr Graf", entgegnete Mathilde seufzend.

„Ach, wer sich doch der unangenehmen Wirklichkeit entziehen könnte, welche —"

„Nun, was wollen Sie sagen?"

„Welche für mich blos eine peinliche Ungewißheit ist."

Mathilde setzte sich auf eine Bank und sagte, während sie nachdenklich mit einer Blume spielte:

„Wohlan, vergessen Sie dann die Wirklichkeit und die betrübende Seite des Lebens. Leben Sie blos für den Augenblick."

„Frau Baronin!" rief der Graf ganz verwirrt ndu wollte Mathildens Hand ergreifen.

„Herr Graf!" entgegnete Mathilde, indem sie ihm mit anmuthiger Bewegung die Hand entzog. „Ich bat Sie, die Wirklichkeit zu vergessen, und da wir Menschen derselben angehören, so müssen wir auch uns selbst vergessen und uns mit dem beschäftigen, was nicht ist."

„Was aber sein könnte, nicht wahr?"

„Lassen Sie hören."

„Wenn Sie, meine Gnädige, mich erhören wollen —"

„Ei, ei — das scheint an die Wirklichkeit zu streifen", entgegnete Mathilde und ließ ihren Blick eine Secunde lang auf dem Grafen verweilen.

„Verlangen Sie alles, nur nicht, daß ich mich mit etwas anderm beschäftige als mit Ihnen; denn dann würde ich aufhören zu fühlen, zu denken, zu existiren. Ebenso gut könnten Sie mir befehlen zu sterben", sagte der Graf, indem er abermals Mathildens Hand ergriff. Sein ganz Gesicht verrieth eine heftige Gemüthsbewegung, Mathilde aber entzog ihm ihre Hand wieder.

„Herr Graf", sagte sie kalt und zurückhaltend, „ich fürchte, daß ich allzu großes Vertrauen zu Ihnen gehegt habe. Es sollte mir leidthun, wenn ich mich in Ihrer Ritterlichkeit getäuscht sähe."

Mit diesen Worten erhob sie sich, um zu gehen.

„Ich bitte", rief der Graf, „verzeihen Sie meine Kühnheit und glauben Sie, daß jene Worte mir gegen meinen Willen entschlüpften. Sie sollen, bei meiner Ehre, niemals Grund zur Unzufriedenheit mit mir haben. O sagen Sie mir, daß ich Ihr Vertrauen nicht verscherzt habe."

Mathilde reichte ihm mit anziehendem Lächeln die Hand, indem sie sagte:

„Ich wäre sehr unglücklich, wenn ich Ihr Zartgefühl bezweifeln müßte, Herr Graf."

Diese Worte wurden von einem warmen und seelenvollen Blick begleitet, einem Blick, welcher unsern Graf in den Vorhof des Himmels versetzte. Er beugte ein Knie vor der schönen Frau und führte in athemlosem Entzücken ihre Hand an seine Lippen.

Ein schallendes Gelächter störte den Grafen in seinem Wonnetaumel, und er sprang auf, indem er die spottenden Worte vernahm:

„Ich glaube bei meiner Ehre, die Herrschaften halten Probe zu einer theatralischen Vorstellung. Am Ende hast du, Mathilde, die Absicht, meinen Geburtstag durch Aufführung eines Lustspiels zu verherrlichen.“

Mathilde warf auf den diese Worte sprechenden und gleichzeitig nähertretenden Rittmeister einen triumphirenden und zugleich haßerfüllten Blick, während sie scherzend antwortete:

„Du hast recht gerathen. Ich gedenke dir wirklich eine Ueberraschung zu bereiten, und verspreche dir dieselbe für deinen Geburtstag.“

„Unendlich verbunden, schöne Cousine“, entgegnete Karl, „obschon ich bezweifle, daß es eine Ueberraschung sein wird. Nichts, was von dir kommt, kann mich noch in Erstaunen setzen.“

„Du schmeichelst fürwahr durchaus nicht“, sagte Mathilde mit bezauberndem Lächeln. „Ich hätte nicht geglaubt, daß du von meiner Erfindungsgabe eine so geringe Meinung hättest.“

„Die habe ich auch nicht. Im Gegentheil, vor dieser deiner Fähigkeit beuge ich mich und erkenne die Unerschöpflichkeit derselben an.“

Den Grafen berührte dieser Scherz, dessen Pointe er nicht verstand, unangenehm. Ueberdies war er höchst ärgerlich auf den Rittmeister, der ihn gestört, und gerieth deshalb auf sehr schlechte Laune.

Weder Mathilde noch Karl gaben jedoch Acht darauf, und erstere fuhr fort:

„Du gibst also zu, daß ich dich wirklich mit etwas Neuem überraschen kann?“

„Nicht mit etwas Neuem; möglicherweise aber mit etwas, was ich nicht im voraus berechnet habe.“

„Dann bin ich zufrieden gestellt. Deinen Arm, lieber Cousin. Kommen Sie, Herr Graf.“

„Welch eine Gunst, Mathilde! Ich soll das Glück genießen, dein Begleiter zu sein?“ sagte der Rittmeister, indem er ihr seinen Arm mit einem Blick bot, welcher ihr das Blut in die Wangen emportrieb.

„Aber ein Ereigniß, welches man nicht vorausgesehen, ist und bleibt doch stets eine Ueberraschung“, hob Mathilde, zu dem Grafen gewendet, wieder an.

„Das ist klar, und Karl folgert nicht logisch“, antwortete der Graf.

„Du, Thorenhjelm, bist für Ueberraschungen geschaffen, ich aber nicht“, sagte der Rittmeister, „Nun, Mathilde, welche Rolle gedenkst du selbst an meinem Geburtstage zu spielen, die der Verführten oder die der Verführenden?“

„Keine von beiden, sondern blos die der Klarsehenden.“

„Gehorsamer Diener, liebe Cousine; dann bekommt Thorenhjelm sicherlich die Rolle des Blinden, und der kleine Edvard die der Gerechtigkeit.“

„Nein, der Graf wird gar nicht mitspielen“, antwortete Mathilde mit funkelndem Blick.

„Du hast recht. Er spielt nicht mit, sondern es wird ihm mitgespielt.“

„Glaubst du?“

„Ob ich glaube? Nein, bezaubernde Mathilde, ich glaube nicht mehr; ich bin Skeptiker, und habe daher gar keinen Glauben. Doch da kommt unsere Heilige“, setzte der Rittmeister hinzu und zeigte auf Marie, die in diesem Augenblick auf sie zukam.

„Ja, Marie spielt die Heilige sehr gut“, fiel Mathilde ein.

Es lag ein fast boshafter Ausdruck in ihrem Ton.

„Wenn eine Dame nicht durch Schönheit Aufmerksamkeit erwecken kann, so sucht sie es durch Gottesfurcht und Barmherzigkeit zu thun", sagte der Rittmeister. „Marie, welche deiner Schönheit entbehrt, will dich durch ihren Heiligenschein verdunkeln. Ein jeder sucht sich irgendeinen Vorzug zu Nutze zu machen. Guten Morgen, du Freundin der Vaterlosen!" rief er dann der Nahenden entgegen.

„Wenn du gesagt hättest der Mutterlosen, so wärest du vielleicht der Wahrheit etwas näher gekommen", antwortete Marie mit ihrem feinen Lächeln.

Mathilde wechselte die Farbe.

Einige Augenblicke später war die ganze Gesellschaft im Speisezimmer versammelt.

Neuntes Kapitel.

„Wo steckt nur Edvard?“ brummte der Oberst, als man frühstücken wollte. „Der Bengel ist doch nie da.“

„Er ist zu sehr verzogen“, fiel Mathilde ein.

„Nun, wer hat ihn anders verzogen als du in Gesellschaft mit meiner Frau, Ebba und Marie?“ hob der Oberst wieder an.

„Nein, guter Onkel, du bist es selbst gewesen“, rief eine heitere Knabenstimme, und Edvard kam durch das Fenster herein auf den Oberst zugesprungen, nahm eine soldatische Haltung an und fragte:

„Gnädiger Herr Oberst, komme ich in Arrest?“

„Nein, zum Frühstück, du übermüthiger Gesell“, antwortete der Oberst und streichelte den Knaben.

„Kennst du jemand, dem Edvard ähnlich sieht?“ fragte der Rittmeister leise Mathilden.

„Nein“, antwortete sie mit bleichen Lippen.

„Es ist zu beklagen, daß dein Gedächtniß so schwach geworden ist.“

„Karl“, sagte Mathilde mit verhaltenem Zorn, „geh' hinaus auf den Balcon. Ich muß dir ein Wort sagen.“

„Zwei, wenn du lieber willst, nur schaue mich nicht

mit so theatralischer Miene an“, entgegnete der Rittmeister. „Andere könnten deine Miene sonderbar finden, ohne daß dieselbe mir imponirte. Nimm lieber eine lächelnde Maske vor dein gutgeschultes Antlitz.“

Mathilde biß sich auf die Lippe und ging hinaus auf den Balcon, wohin der Rittmeister ihr folgte.

„Willst du denn durchaus Krieg haben, da du mich unaufhörlich verwundest und reizest?“ fragte Mathilde.

„Ja“, war Karl's ganze Antwort.

„Dann sollst du haben, was du willst. Hüte dich aber wohl, die Vergangenheit als Waffe zu benutzen, denn dann könnte ich dich während des Kampfes tödlich verwunden“, sagte Mathilde, und ihre Züge verriethen Zorn.

„Die Waffen, deren ich mich bediene, sind meine eigenen; sie gehören mir, und ich gehe auf keine Bedingungen ein. Benutze du dagegen die deinigen und verwunde immer zu, wenn du kannst, das kommt dir zu. Du scheinst blos geschaffen zu sein, um die Irrenhäuser mit Bewohnern zu versorgen.“

„Du strebst also danach, dir meinen Haß zuzuziehen?“

„Ja, weil dieser viel besser ist als deine treulose Liebe.“

„Du wirst ihn unauslöschlich finden.“

„Dank, Dank! Du bist sehr freigebig.“

„Ich gebe niemals Almosen.“

„Und ich nehme keine dergleichen an, denn dazu bin ich zu reich. Bedenke blos, daß, wenn du mich mit Schlangenstichen beschenkt, ich dich mit Löwenbissen bezahle. Wünschest du sonst noch etwas?“

„Nein, — ich — ich —“

„Habe die Güte, mit der Sprache herauszugehen.“

„Ich will wissen, ob du mich verabscheuest!“ rief Mathilde in heftiger Aufregung.

„Mein Gott, nein! Ich kenne dich blos und weiß,

was ich bei meiner Ankunft in Pisa fand. Haß und Abscheu sind die Früchte einer erloschenen Liebe; ich aber habe dich niemals geliebt, sondern bin blos von dir bethört gewesen."

Nachdem der Rittmeister dies gesagt, verließ er Mathilden.

„O, warum muß ich gerade diesen Mann lieben, den ich nicht im Stande gewesen bin, zu fesseln", murmelte sie und ballte krampfhaft die Hände. „Wehe Ebba, wenn er diese liebt! Ich fühle, daß ich sie auf furchtbare Weise verfolgen würde."

Auf der Bank unter den Linden saßen Ebba und Marie, mit dem Lieutenant plaudernd, als Karl auf sie zukam.

„Nun, Ebba, wirst du uns auf dem großen Ritt, welchen Papa veranstaltet, Gesellschaft leisten?" fragte er.

„Das versteht sich. Ich bin ja selbständig, und jedermann weiß, wie gern ich mich mit meinem Gaule herumtummele und mit welcher überlegenen Geschicklichkeit ich ihn handhabe."

„Ja, du bist eine unvergleichliche Amazone", entgegnete der Rittmeister. „Wenn ich Hercules gewesen wäre, so hätte ich nicht gewagt, mich mit zwölf solchen Heldinnen in einen Kampf einzulassen."

„Hast du so wenig Muth? Dann leg' deinen Säbel ab und setz' dich an das Spinnrad."

„Mein Muth und mein Säbel würden mir wenig nützen gegen Feinde, welche das Herz bezaubern und bethören."

„Sprichst du von den zwölf Amazonen?"

„Ja, dafern sie Aehnlichkeit mit dir gehabt haben."

„In diesem Falle wäre Hercules verloren gewesen, wenn er sich auch nur mit einer einzigen davon eingelassen hätte", fiel der Lieutenant ein. „Er wäre gezwungen gewesen, sich auf Gnade und Ungnade zu ergeben. Es war ein Glück für den griechischen Helden, daß seine Gegnerinnen alles andere waren, nur nicht Ihnen ähnlich, gnädige Frau.“

„Meine Herren, Sie haben beide die Absicht, sich auf meine Kosten lustig zu machen“, rief Ebba; „aber nehmen Sie sich in Acht! Ich könnte auf den Einfall kommen, mich zu rächen.“

„Ich habe blos meine persönliche Ueberzeugung ausgesprochen, versicherte der Lieutenant, „und dafür kann ich doch wol nicht gestraft werden.“

„Das glaube ich allerdings nicht.“

„Ich bürge für die Wahrheit dessen, was Fries gesagt hat“, setzte der Rittmeister hinzu.

„Deine Bürgschaft ist eine ungültige, denn du hast mit dem Lieutenant gemeinsame Sache gemacht“, sagte Ebba. „Ich nehme dieselbe daher auch nicht an.“

„Warte doch, liebenswürdige Cousine. Ich verbürgte mich blos dafür, daß Fries sagte, was er dächte; aber nicht für mich selbst.“

„Vortrefflich! Du gibst also zu, daß du im Widerspruch mit deinen wirklichen Gedanken gesprochen hast.“

„Nun, und wenn ich das wirklich gethan hätte?“

„Dann wärest du falsch, hättest eine Unwahrheit gesprochen und somit eins der Zehn Gebote übertreten, was bestraft werden muß.“

„Auf welche Weise?“

„Dadurch, daß du eine Frau zur Feindin bekommst. Ich erkläre mich hiermit zu einer solchen. Es wird ein Kampf auf Leben und Tod.

„Und zu welchem Zwecke?“ fragte der Rittmeister, indem er sich bückte, um Ebba's lebhaftes, anziehendes Gesicht besser betrachten zu können.

„Um dich zu bessern, natürlich. Ich werde dich verfolgen, bis du dich daran gewöhnst, nur zu sprechen, was du denkst.“

„Aber ihr Frauen könnt sonst die Wahrheit nicht gut leiden.“

„Wenn dem so ist, so hat dies seinen Grund darin, daß wir nicht gewöhnt sind, sie zu hören. Ihr habt dem Sprechen der Wahrheit entsagt, und wir haben vergessen, daß ihr sie überhaupt sprechen könnt."

„Wenn man sich in einen Wortkampf mit Ihnen einläßt, gnädige Frau, so ist man verloren", fiel der Lieutenant ein.

„Dann haben Sie also keine Lust, mein Feind zu werden, Herr Lieutenant?" fragte Ebba.

„Gott bewahre mich davor!"

„Karl aber hebt den Handschuh auf, nicht wahr?" fragte Ebba, indem sie einen kleinen gelben Handschuh auf den Tisch warf, der vor der Bank stand.

„Das thue ich allerdings mit wirklichem Vergnügen und verspreche, als Feind alle Gesetze der Ritterlichkeit zu beobachten", sagte der Rittmeister, indem er den Handschuh mit eigenthümlichem Lächeln an seine Lippen führte.

„Du kannst dir wirklich Glück wünschen, Ebba, denn du bist von uns Frauen hier die einzige, welche sich der Ritterlichkeit Karl's zu erfreuen hat", fiel Marie ein.

„Du willst mir wol auch den Krieg erklären?" fragte der Rittmeister.

„Das ist nicht erst nöthig, denn ein Friedenszustand hat zwischen uns niemals geherrscht", entgegnete Marie.

„Bravo! Karl ist also in Feindschaft mit beiden Damen", sagte der Lieutenant. „Es fehlt weiter nichts, als daß die Frau Baronin Remmer dir ebenfalls den Krieg erklärt, und du kommst dann in dieselbe Stellung wie Rußland, und die Damen gleichen den Westmächten."

„Und du der skandinavischen Neutralität", setzte der Rittmeister lachend hinzu. „Das Geheimniß hinkt jedoch, denn ich habe keine Türkei erobern wollen, und —"

„Warte einen Augenblick, lieber Cousin", unterbrach Ebba. „Du gleichst wirklich dem Czar, denn ebenso wie dieser hast du dich auf ein für unverletzlich erklärtes Gebiet gewagt."

„Auf welche Weise?“

„Du bist scheinbar zur Vertheidigung des Lieutenants aufgetreten; hast dies aber nur als einen erdichteten Grund benutzt, um uns Frauen zu beleidigen und die Feindseligkeiten zu beginnen, welche zeither in dir geschlummert.“

„Aber was will ich denn erobern?“

„Unsere Herzen natürlich, und dann uns zu deinen Sklavinnen machen.“

„Bezaubernde Ebba! Also kämpfen wir um dein Herz?“ rief der Rittmeister mit ironischem Blick.

„Nein, ich kämpfe, wie England, nur um die Sache der allgemeinen Civilisation, und um eine Unbill zu rächen; denn du hast dich offen als Feind meines Geschlechts erklärt“, entgegnete Ebba.

„Und“, sagte der Rittmeister, „wenn ich besiegt würde, so würde ich natürlich gezwungen werden, auf meinen Knien zu bekennen, daß ihr alle Engel seid.“

„Sehr richtig.“

„Eh bien, Madame, beweisen Sie mir, daß es ein einziges Weib gibt, welche nicht eine lebendige Unwahrheit ist, oder welche die Wahrheit und Tugend um der Wahrheit und Tugend selbst willen liebt, welche ohne eigenes Interesse aus Dankbarkeit oder Hingebung sich opfern kann, ohne zu murren oder die Welt zur Augenzeugin ihrer Aufopferung herbeizurufen, und ich verspreche sofort das Gewehr zu strecken“, sagte Karl.

„Die Aufgabe des Kampfes ist sonach, daß ich die Tugenden meines Geschlechts ans Licht zu stellen und zu beweisen suche, während du dasselbe in Bezug auf die Fehler der Frauen thust. Herrlich, herrlich! Ich fühle mich schon ganz froh und glücklich über meinen bevorstehenden Sieg.“

„Den du niemals erringen wirst.“

„Im Gegentheil, ich bin dessen sicher. Siehe, da kommen Mathilde und der Graf.

„Gedenkst du mit Mathilde als Kompaß dem Ziele

des Sieges entgegenzusteuern?“ flüsterte der Rittmeister. „Außerdem hätte ich gerade diese zu meinem Schild gegen die Tugenden der Frauen ausersehen?“

„Du bist sehr boshaft, Karl“, antwortete Ebba ebenfalls leise, aber in ernstem Tone. „Auch in Mathilde finden sich viele gute Eigenschaften.“

„Das muß sein, wenn sie schläft“, entgegnete der Rittmeister.

Mathilde näherte sich der Bank. Der Lieutenant erhob sich und sagte:

„Hier werden Kriegserklärungen erlassen, und Sie, gnädige Frau, werden sich ganz gewiß an dem Kampfe betheiligen. Karl hat in der Frau Kapitänin und dem gnädigen Fräulein zwei Feinde bekommen.“

„Und auch treue Bundesgenossen gegen ihn“, fiel Marie ein.

Der Rittmeister verneigte sich ungezwungen gegen Marie, indem er sagte:

„Vielleicht bist auch du, schöne Mathilde, nicht abgeneigt, mir Krieg und Haß zu erklären?“

Bei dem Worte Haß heftete er einen scharfen Blick auf Mathilde.

Diese aber ließ den ihrigen an ihm vorbeischweifen und heftete ihn auf den Lieutenant, während sie lächelnd antwortete:

„Ich bleibe am liebsten neutral.“

„Das erlauben wir nicht!“ riefen Ebba und Marie.

Der Rittmeister sagte lachend:

„Freund oder Feind! Wer nicht das eine ist, muß für das andere angesehen werden. Hier darf es keine Preußen geben.“

„Aber um was handelt es sich denn?“

Der Rittmeister erklärte dies kurz und schloß mit den Worten:

„Deshalb verlangen wir, daß du eine entschiedene Stellung einnimmst und eine bestimmte Antwort abgibst.“

„Das wäre mir augenblicklich unmöglich. Man muß sich doch erst die Sache überlegen, und kann sich nicht in einen Kampf einlassen, von dem man nicht weiß, wie er enden kann."

„Hast du für das Unrecht, welches dein Geschlecht erdulden muß, so wenig Gefühl?" rief Ebba.

„Ach, mein Gott, nein; aber frage den Grafen, und du wirst hören, daß er meine Ansicht billigt, wenn ich sage, man müsse sich die Sache reiflich überlegen, ehe man den Krieg erklärt."

Mathilde war, indem sie dies sagte, blendend schön, und sah den Grafen mit schalkhaftem Blick an.

„Ich billige die Ansichten der Frau Baronin vollständig", antwortete er, „und gedenke als Kriegsminister dieselben wohl zu beherzigen.

„Und ich dagegen finde, daß Mathilde der zweideutigen Stellung der deutschen Souveraine gleicht, welche einen neuen Wiener Congreß in Vorschlag bringen", antwortete der Rittmeister mit seinem verächtlichen Lächeln.

„Meinst du? Dennoch weißt du bestimmt, daß ich dir nicht beistehen werde", bemerkte Mathilde, während ihr Blick eine Secunde lang auf dem Rittmeister ruhte.

„Wenn ich dies auch weiß, so gleicht deine Stellung zu mir gleichwol der Oesterreichs zu Rußland. So gern auch das österreichische Cabinet gegen seinen Bundesgenossen bei der Besiegung Ungarns undankbar sein möchte, so fehlt ihm gleichwol der Muth, ehrlich für die Sache der Civilisation aufzutreten. Vermuthlich hat deine Abneigung, dich zur Verfechterin der Tugend aufzuwerfen, denselben Grund."

In dem Tone, womit der Rittmeister dies sagte, lag etwas Uebermüthiges, beinahe Verächtliches.

„Du vergissest dich, Karl", sagte der Graf mit einem vorwurfsvollen Blick auf den Rittmeister.

„O, das hat nichts zu bedeuten, Herr Graf. Wir sind Karl's Mangel an Takt schon gewöhnt. Man darf es mit seinen etwas plumpen Scherzen, welche ein Ueberbleibsel des Kasernenlebens sind, nicht so genau nehmen, nicht wahr?" sagte Mathilde lächelnd und zu Ebba und Marie gewendet.

„Ja, in dieser Beziehung ist er im ganzen Orte bekannt", antwortete diese lachend.

Karl biß sich ärgerlich auf die Lippen, hatte aber nicht Zeit zu antworten, denn in demselben Augenblick näherte sich der Oberst und rief:

„Zu Pferde, zu Pferde!"

Und die Damen eilten fort, um Toilette zu dem beabsichtigten Ausritt zu machen.

Zehntes Kapitel.

Eine Stunde später sehen wir die drei jungen Damen zu Pferde und von sämmtlichen auf Ljungstahof anwesenden Herren, mit dem Oberst an der Spitze, begleitet, den Weg durch einen laubreichen, schönen Wald nach einer Art Eremitage, Namens Skogsborg oder Waldburg, nehmen, welche zu einer in der Nähe liegenden Herrschaft, Namens Lindsjönäs, gehörte.

Man sprach von der wildromantischen, schönen Lage des kleinen Gebäudes. Man scherzte über die Sage der Leute, daß es hier nicht geheuer sei, und der Rittmeister war unerschöpflich, eine wunderbare Geschichte nach der andern aufzutischen, welche das gemeine Volk in der Umgegend steif und fest glaubte.

Dies steigerte die Neugier der Gesellschaft, denn von dieser war außer dem Oberst und dem Rittmeister noch niemand hier gewesen.

„Das Haus liegt mitten im Walde", sagte Karl, „eingeschlossen von hohen Bergen und Thälern. Es ist klein, achteckig und von grauem Stein erbaut, von einer undurchdringlichen Fichtenhecke umgeben, ohne Hof, Garten oder irgendeine andere Spur von Cultur ringsumher, und nur von einem alten, einsilbigen, beinahe geistesschwachen Diener bewohnt."

„Das klingt sehr romantisch", sagte Ebba, „und dieses Haus scheint ausdrücklich für dich gebaut zu sein."

„Warum willst du so freundlich gerade mich dort einquartieren?" fragte der Rittmeister.

„Weil du die Frauen hassest und die Welt verachtest. Wenn du dich aber an einem solchen Orte niederlässest, so bist du des Anblicks dessen, was du hassest und verachtest, überhoben."

„Du irrst dich. Ich lache über die Frauen, weil dieselben glauben, mich betrügen zu können; aber ich hasse sie nicht. Ich genieße das Leben, obschon ich die Welt verachte, und ich habe durchaus keine Lust, mir das Vergnügen zu versagen, mit diesen beiden Dingen zu spielen."

„Du nennst die Frauen ein Ding?"

„Ja, und die Welt dazu."

„Sehr schmeichelhaft für beide und besonders für die erstgenannten, daß du dich herablässest, mit ihnen zu spielen; gleichwol aber ist es nicht immer gut gethan."

„Darin hast du vollkommen recht, nämlich solange man sich von ihnen hintergehen läßt. Wenn man aber aus Erfahrung weiß, daß eine Katze Krallen hat, womit sie kratzen kann, so gibt man sich denselben nicht preis, sondern wirft ihr einen Ball hin, den sie mishandeln kann, und amusirt sich an ihren graziösen, obschon ohnmächtigen Versuchen, zu schaden."

„Wenn es der Mühe lohnte, so würde ich wirklich bös werden", fiel Ebba lachend ein.

„Warum lohnt es denn nicht der Mühe?"

„Weil du mich nicht genug interessirst, um meinen Zorn erwecken zu können. Gegen gleichgültige Personen erzürnt man sich niemals."

Mit diesen Worten ritt Ebba von ihm hinweg, und der Rittmeister sah ihr mit gedankenvoller Miene nach.

Nicht lange darauf machte die Gesellschaft an dem besprochenen Hause halt.

Es war, wie schon erwähnt, achteckig und blos ein Stockwerk hoch, mit einem beinahe flachen Dach, von einem niedrigen, eisernen Gitter umgeben. Die Fenster waren klein, viereckig und sahen beinahe aus wie Schießscharten.

Nachdem man sein Erstaunen über das Gebäude und dessen wildromantische, schauerliche Lage zu erkennen gegeben, schickte man sich an, von den Pferden zu steigen, um das Innere in Augenschein zu nehmen.

Gerade als man seine Schritte nach dem Eingange lenkte, öffnete sich die eisenbeschlagene Thür von Eichenholz, und auf der Schwelle stand ein Fremdling von schönem Aeußern, obschon dasselbe deutlich das Blut des Creolen verrieth. Seine Hautfarbe war fast olivenbraun und das Haar rabenschwarz; die Augen aber, dunkel wie die Nacht, glichen zwei Feuerflammen.

Bei seinem Anblick entschlüpfte den drei Damen ein unwillkürlicher Ausruf der Ueberraschung.

Die Herren wendeten sich nach ihnen herum.

Ebba stand unbeweglich. Sie war unnatürlich bleich, und ihre Augen hafteten auf dem Fremdling. Mathilde warf einen zitternden Blick auf Ebba, und Marie ward von einem Schauer durchrieselt.

„Nun, was zum Teufel ist euch denn, ihr Frauenzimmer?“ rief der Oberst. „Ihr seht ja aus, als ob der Gottseibeiuns vor euch stünde anstatt des Kapitäns Stuart, den ich hier auf der Schwelle sehe. Ich hatte vor einem Monat in Stockholm die Ehre, seine Bekanntschaft zu machen, und lud ihn nach Ljungstahof ein, weil er eine Reise durch diesen Theil von Schweden zu machen beabsichtigte.“

„Lieber Onkel, wenn es auch nicht der leidige Böse selbst ist, so hat doch der wie versteinert unter der Thür stehende Kapitän große Aehnlichkeit mit einem Gespenst, und vor einem solchen Mann wird es wol hier, mitten im Walde, erlaubt sein, sich ein wenig zu fürchten", antwortete Mathilde, welche zuerst ihre Selbstbeherrschung wieder erlangte und einen scherzenden Ton anzunehmen suchte.

„Ja, das Erscheinen dieses Fremdlings glich wirklich dem eines Geistes", setzte Ebba hinzu, obschon mit sichtbarer Anstrengung, ihre Gefühle im Zaume zu halten.

„Ist er keiner der Damen bereits bekannt?" fragte der Rittmeister, indem er Ebba scharf ansah.

„Nein", war die gemeinsame Antwort.

„Dieses Nein war bestimmt ein Ja", dachte der Rittmeister.

Der Fremdling, welcher eine Weile auf der Schwelle stehen geblieben war, kam nun der nahenden Gesellschaft entgegen und begrüßte höflich den Oberst, der ihm dann die übrigen vorstellte. Er war Engländer, aber aus den westindischen Colonien.

Hierauf traten alle in das achteckige Haus. Zwischen dem Kapitän, Ebba und Mathilde wurden bei dieser Vorstellung absonderliche Blicke gewechselt.

Dem Falkenauge des Rittmeisters entgingen dieselben nicht, und er dachte mit verächtlichem Lächeln:

„Sie kennen den gelben Fremdling. Ich werde schon hinter die Wahrheit kommen, und Cousine Ebba wird wahrscheinlich dann in keinem bessern Lichte dastehen als Mathilde, obschon sie um der Sache selbst willen sich den Anschein von Tugenden gibt, die sie nicht besitzt. Es ist fürwahr eine so verächtlich als die andere."

Hätte unser Rittmeister seine Gefühle ein wenig genauer analysirt, so würde er zu seinem Erstaunen gefunden haben, daß sich in dieselben etwas mischte, was große Aehnlichkeit mit Eifersucht hatte.

Der Oberst hatte am Morgen nach Lindsjönäs geschickt und sich die Schlüssel zu den Zimmern von Skogsborg ausbitten lassen, weil dieselben meistens verschlossen waren, mit Ausnahme eines, welches von dem alten geistesschwachen Diener bewohnt ward.

Das Innere des Hauses bot einen eigenthümlichen Anblick dar.

Fußboden und Wände waren von Marmor. Die schwerfälligen und kostbaren Möbeln gehörten der Vergangenheit an und waren wenigstens ein Jahrhundert alt. Die kleinen Fenster ließen nur ein spärliches Licht hereinfallen, und die Sonne schien sich niemals in diese kostbare Gruft verirrt zu haben.

Nachdem man den Saal und drei kleinere Zimmer gesehen, welche alle einen veralteten, aber sorgfältig gepflegten Luxus aufzuweisen hatten, kam man in das innerste Zimmer.

Der Oberst blieb vor einem venetianischen Spiegel stehen, der in einen vergoldeten, in die weiße Marmorwand eingesetzten Rahmen gefaßt war.

„Dieser Spiegel“, sagte er, „maskirt den Eingang zu dem Zimmer, welches den eigentlichen Bewohner dieses Hauses einschloß. Die Herrschaften müssen jedoch erlauben, daß ich diese geheime Thür nicht öffne, denn der jetzige Besitzer wünscht, daß kein fremdes Auge in dieses Zimmer blicke, welches früher nur von Thränen und Wehklagen erfüllt ward. Die Wände könnten traurige und unheimliche Auftritte erzählen.“

„Dieses Haus hat also eine Geschichte?“ fragte Kapitän Stuart mit lebhaftem Interesse.

„Ja, Herr Kapitän“, antwortete der Oberst, „und zwar eine sehr betrübende.“

„Du hast uns schon oft versprochen, uns dieselbe einmal zu erzählen“, fiel Mathilde ein, die sich Mühe gab, ihre gewöhnliche Art und Weise anzunehmen, obschon die lächelnde Maske die innere Unruhe nicht hinreichend zu bergen vermochte.

Ebba und Marie waren beide ungewöhnlich still.

Man schickte sich an, sich auf den Rückweg zu machen.

Leicht wie ein Vogel schwang Ebba sich in den Sattel, und ehe noch die übrigen Damen Zeit gehabt hatten, den Fuß in den Steigbügel zu setzen, eilte ihr Pferd in gestrecktem Galop den Waldweg entlang. Der Lieutenant und der Rittmeister saßen ebenfalls rasch auf und jagten der Reiterin nach. Die übrige Gesellschaft folgte in langsamem Schritt.

„Wir hätten beinahe unsere Pferde zu Schanden geritten, um dich einzuholen“, sagte der Rittmeister, indem er sein Pferd auf den Hals klopfte.

„Aber wer hat dich dazu gezwungen? Ich wenigstens nicht“, sagte Ebba lächelnd. „Meine Absicht war, von der Gesellschaft hinwegzukommen.“

„Das graue Haus hat Sie ganz verstimmt, gnädige Frau“, sagte der Lieutenant.

„Das graue Haus wahrscheinlich nicht, wohl aber der schwarze Fremdling“, meinte der Rittmeister.

„Woraus schließen das die Herren?“ fragte Ebba und schlug den Florschleier ihres Hutes zurück.

„Daraus, daß die Heiterkeit, welche unser aller Sonne ist, bei unserer Ankunft in Skogsborg Ihnen plötzlich untreu ward“, hob der Lieutenant wieder an.

„Dein Gesicht umwölkte sich bei dem Anblick des Kapitäns“, setzte der Rittmeister hinzu, indem er sich über das Pferd bog und Ebba ansah.

„Nichts als Einbildung von Ihnen, meine Herren“, entgegnete Ebba. „Wenn man einen so düstern Ort besucht, der eine traurige Geschichte hat, so vergeht einem die Lust, heiter zu sein. Es schien mir, als beobachtete die ganze Gesellschaft einen achtungswerthen Ernst, solange wir uns in dieser möblirten Gruft aufhielten, welche, wie man sagt, ein Zimmer enthält, an welches sich schauerliche Erinnerungen knüpfen.“

„Welches du aber dennoch gern hättest sehen mögen“, bemerkte der Rittmeister.

„Wol möglich; aber ich dächte, wir ritten ein wenig

schneller", sagte Ebba, indem sie ihr Pferd wieder in Galop setzte.

Zu Hause angelangt, eilte Ebba auf ihr Zimmer hinauf, nachdem sie mit ihren Cavalieren gescherzt und auf dem Heimwege ihre ganze äußere Heiterkeit wiedergewonnen hatte.

Als sie sich allein sah, verriegelte sie die Thür und blieb, die Hände fest aufs Herz drückend, eine lange Weile stehen. Ihre ganze Miene und Haltung verrieth tiefen Schmerz. Ein qualerfüllter Seufzer entrang sich ihrer Brust. Sie sank auf die Knie nieder und faltete die Hände zu einem heißen, stillen Gebet. Einige Thränen rollten langsam ihre schneeweißen Wangen herab. In ihrem ganzen Aeußern lag ein so unverkennbarer Schmerz, in ihrem Blick aber zugleich ein so inniges Vertrauen, daß der Kummer unbedingt der Zuversicht weichen mußte, die sie auf Gott setzte. So kniete sie lange und betete. Endlich neigte sie ihr Haupt auf die Hände herab und weinte still.

Ein leises Pochen an der Thür und eine sanft zitternde Stimme, welche ihren Namen nannte, bewogen Ebba, zusammenzufahren und sich dann schnell zu erheben. Sie trocknete ihre Thränen und ging auf die Thür zu.

„Bist du es, Marie?" fragte sie.

„Ja, Ebba, ich muß dich sehen und sprechen, sonst vergehe ich vor Unruhe", flüsterte Marie durch das Schlüsselloch.

Ebba zog den Riegel zurück, und Marie trat ein.

Das Gesicht der letztern zeigte Spuren von heftiger Gemüthsbewegung. Sie schloß die Thür hinter sich zu.

Die beiden schwesterlichen Freundinnen blieben einen Augenblick stehen und betrachteten einander.

„Ebba, Ebba, sprich, sag' ein Wort!" bat Marie und ergriff ihre Hände. „Ich sehe, daß du leidest."

„Nun ist es vorüber", antwortete Ebba mit wehmüthigem Lächeln. „Nur sein erster Anblick überraschte mich so schmerzlich und machte mich so traurig“, setzte sie, die Hand wieder aufs Herz drückend, hinzu.

In diesem Augenblick hörte man die Mittagsglocke.

„Marie, vergiß nicht, daß niemand unser trauriges Geheimniß ahnen darf“, hob Ebba wieder an.

„Sei unbesorgt; auch ich werde meinen Zügen wieder einen ruhigen Ausdruck zu geben wissen“, entgegnete Marie bitter lächelnd.

Sie ergriff sogleich wieder Ebba's Hände, indem sie mit Bewegung sagte:

„Hassest du Mathilde?“

„Nein, Marie, ich habe sie niemals gehaßt, nicht einmal als mir das Herz blutete“, entgegnete Ebba. „Jetzt ist die Wunde geheilt, und nur der Anblick dieses Mannes vermochte jetzt nach sieben Jahren den Schmerz von neuem zu erwecken. Doch nun müssen wir uns beeilen, Toilette zu machen.“

„Noch ein Wort, ein aufrichtiges Wort. Ist deine Heiterkeit wahr oder erheuchelt? Hast du wirklich deine Leiden vergessen?“

„Ja, ich habe sie vergessen, wenn nichts sie in meine Erinnerung zurückruft, und insofern ist meine Heiterkeit aufrichtig, gute Marie. Du kennst ja mein von Natur bewegliches Gemüth, welches durchaus nicht für langwierigen Kummer geschaffen ist.“

„O, Dank für diese Worte! Du weißt nicht, wie tief mich der Gedanke schmerzt, daß meine Schwester all das Leid verschuldet, welches dich getroffen.“

„Still, sprich nicht mehr davon! Wir müssen hinuntergehen; es läutet zum zweiten mal.“

Elftes Kapitel.

In Mathildens Zimmer ward ein anderes Schauspiel aufgeführt. Auch sie hatte ihre Thür verschlossen. Die schöne Frau überließ sich dem zügellosesten Ausbruch von Zorn, während die folgenden unzusammenhängenden Worte ihren Lippen entfielen:

„Ach, wie abscheulich, diesen Mann wiederzusehen, und zwar in Ebba's Gegenwart! Ich hasse sie beide, eins so sehr wie das andere, weil ich sie fürchte.“

Mathilde weinte vor Verdruß, indem sie fortfuhr:

„Wenn Karl erführe, daß ich um seinetwillen — Doch was weiter? Sollten Karl und Ebba sich einander liebend nähern, dann könnte ich ja dies benutzen, um sie in seiner Achtung zu stürzen. Nimm dich in Acht, Karl. Ich kann nun meinerseits dich alles leiden lassen, was ich von dir zu ertragen gehabt. Was hab' ich eigentlich gethan? Ich war schön, man fühlte sich zu mir hingezogen, ich benutzte meine Vorzüge zu meinem Vergnügen, was konnte ich dafür, daß diese Männer wie toll waren? Ist die Schuld mein, daß ich sie nicht liebte, daß ich einen einzigen liebte, und daß dieser einzige mich verachtet? Nein, ich habe nichts zu fürchten, wohl aber viel an Karl und an der verhaßten Ebba zu rächen, die ich zermalmen werde, wenn sie geliebt wird."

Mathilde stampfte mit dem Fuße auf die Diele und klingelte ungestüm ihrer Zofe, welche bei ihrem Eintreten sofort von einem ganzen Strom von Scheltworten überflutet ward.

Am Abend finden wir die Gesellschaft im untern Salon versammelt.

„Sie erwähnten, Herr Oberst, daß das kleine Haus im Walde seine Geschichte habe; diese ist aber wol ein Familiengeheimniß?" fragte Kapitän Stuart.

„Durchaus nicht", antwortete der Oberst. „Skogsborg gehört zu Lindsjönäs, welches einem Baron Ruben gehörte, der nicht mehr lebt, sodaß das Besitzthum einem weitläufigen Verwandten zugefallen ist. Die Geschichte dieses Hauses ist in der ganzen Umgegend bekannt."

„Lieber Onkel", fiel Ebba ein, die sich in einen Lehnsessel geworfen hatte, „laß uns diese Geschichte hören, denn es regnet ohnehin heute Abend, und man kann daher keine Promenade machen."

Alle vereinigten sich in dieser Bitte, welcher der Oberst mit sichtbarem Vergnügen entsprach.

„Eigentlich hat das Haus zwei Geschichten", hob er an, „eine, welche seine Entstehung betrifft, und eine zweite, welche die Ursache der Furcht ist, welche das gemeine Volk davor hegt. Wir beginnen mit der ersten im Jahr 1700. Lindsjönäs gehörte damals dem Baron Mauritz Ruben, einem heftigen, stolzen und excentrischen Mann, mit starken Leidenschaften und unbeugsamer Festigkeit des Charakters. Während einer Reise in Frankreich verliebte er sich in eine junge und schöne, aber arme Französin von nichtadelicher Herkunft, und heirathete sie gegen den Willen seiner Mutter und ohne Zustimmung seiner Familie. Einige Jahre ging alles gut, bis der Baron als Militär in den Krieg mußte. Während seiner Abwesenheit kam in Schweden und Lindsjönäs ein Cousin, welcher

Maler war, auf Besuch zu der jungen Baronin und hielt sich einige Zeit auf, um die schönen Umgebungen des Landsitzes aufzunehmen. Die Mutter des Barons wohnte bei ihrem Sohn, obschon sie vor ihrer bürgerlichen, französischen Schwiegertochter einen förmlichen Abscheu hegte. Sie benutzte nun den unschuldigen Besuch des Cousin zum Vorwand, um eine niedrige Intrigue zu spielen, wodurch sie eine Trennung zwischen den beiden Gatten herbeizuführen hoffte. Sie schrieb ihrem Sohn, seine Gattin sei ihm untreu. Dieser, heftig und leidenschaftlich wie er war, ward dadurch in furchtbare Wuth versetzt und beschloß, sich zu rächen. Der Krieg ging zu Ende und der Baron kehrte nach Hause zurück, aber erst mehrere Monate nach der Abreise ihres Cousin und der von der Mutter erhobenen Anklage. Die alte Baronin kam ihm bei seiner Ankunft mit einem Brief entgegen, welcher angeblich von dem Cousin an seine Gattin geschrieben worden, und überdies wurden zwei Diener als Augenzeugen von Vorgängen aufgerufen, welche die junge Frau einem schweren Verdacht aussetzten. Nachdem der Baron diese Anklagen angehört, verbot er den Anklägern, seiner Gattin auch nur ein Wort davon zu sagen, und auch er selbst bewahrte ein allen unerklärliches Schweigen. Gleich darauf ließ er mit großer Beschleunigung Skogsborg erbauen und mit allem möglichen Luxus einrichten. Als das Haus fertig war, schlug er seiner nichts Arges ahnenden Gattin vor, ihn dahin zu begleiten. Die kleinen, hoch oben am Rande der Decke angebrachten Fenster, der düstere Wald und die tiefe Einsamkeit, — alles gab dieser Wohnung etwas im höchsten Grade Unheimliches. Nachdem man alle Zimmer in Augenschein genommen, drückte der Baron auf einen in dem venetianischen Spiegelrahmen angebrachten Knopf, und eine verborgene Thür sprang auf. Beide Gatten traten in dieses Zimmer, welches das Schlafgemach bildete. Erst hier erklärte der Baron seiner Gemahlin, er wisse, daß sie ihn betrogen habe, und ohne den Versicherungen ihrer Unschuld Gehör zu schenken, sagte er mit unbeweglicher Strenge, dieses Haus sei zu ihrem Aufenthalt für ihre ganze noch übrige Lebenszeit bestimmt; sie dürfe dasselbe nie wieder verlassen, sie werde außer ihm weder ihren Sohn noch irgendeinen andern Menschen zu sehen bekommen, sondern mit einem Wort in dieser vergoldeten Gruft lebendig begraben sein. Dann verließ er sie und verschloß wieder das Gefängniß, welches er zur Strafe für ein Verbrechen bestimmt, das seine Gattin niemals begangen. Jeden Tag kam er wieder und erging sich in den wildesten Vorwürfen. Jeden Tag wiederholte die unglückliche Frau die Versicherungen ihrer Unschuld und bat um Verschonung mit einer so unverdienten Strafe. Der irregeleitete, unerbittliche Mann antwortete jedoch damit, daß er sich auf den Brief berief, den seine Mutter ihm zugestellt, sowie auf die Aussagen der Diener, welche sie für schuldig erklärten. So vergingen Monate. Die arme, mitten in einem einsamen Walde gefangen gehaltene Frau gerieth in Verzweiflung, dann ward sie gleichgültig und stumpf, und versank zuletzt in einen Zustand von Entmuthigung, der an Geistesstörung grenzte. Endlich, nach Verlauf von zwei Jahren, starb die Mutter des Barons, nachdem sie auf ihrem Sterbebett bekannt, daß ihre Schwiegertochter unschuldig sei, daß der Brief gefälscht und das Zeugniß der Diener erkauft gewesen. Beinahe wahnsinnig vor Freude und Reue eilte der Baron nach dem Kerker seiner Gattin, um sich für so großes Unrecht Verzeihung zu erbitten. Er stürzte durch die Zimmer, drückte auf den Knopf im Spiegelrahmen und stürzte, gefolgt von seinem damals achtjährigen Sohn, in das Schlafzimmer. Auf dem Bett lag die unglückliche Baronin, ihr Lager aber war ebenso wie der Fußboden von Blut überschwemmt. Mit einem Angstschrei eilte er auf sie zu und faßte ihre Hände, welche von Blut troffen. Sie hatte sich die Pulsadern geöffnet, und dadurch ihrem Leben selbst ein Ende gemacht. Bei dieser Entdeckung stürzte der Baron mit einem entsetzlichen Schrei zu Boden. Auf den Hülferuf des Knaben kam ein im Hause wohnender Diener herbei und fand zwei Leichen, denn auch der Baron hatte durch Selbstmord geendet. Die beiden Gatten wurden in ein und dasselbe Grab gesenkt, und der Sohn trat das Besitzthum an."

Der Oberst schwieg.

„Das war eine schauerliche Geschichte", sagte Kapitän Stuart.

„Ja, besonders wenn man bedenkt, daß die junge Frau unschuldig war", fiel der Rittmeister ein. „Sie hatte nicht einmal gebrochene Herzen, gestörtes Familienglück und stillen Fluch auf ihrem Gewissen, wie so manche andere unserer schönen Salondamen, welche es zu ihrem förmlichen Handwerk machen, blos zu erobern, unbekümmert, ob ihr Triumphwagen über Blut oder Thränen geht."

Während Karl so sprach, heftete er seine Augen auf die mit einer Blume spielende Mathilde, welche der Graf mit warmen Blicken betrachtete.

„Die Härte, womit der Baron sich rächte, war abscheulich", sagte Ebba.

„Aber wenn Sie bedenken, daß er irregeleitet war", entgegnete der Graf, „daß er liebte und sich um die Liebe seiner Gattin betrogen glaubte, dann werden Sie ihn weniger schuldig finden. Ich wäre an seiner Stelle ebenso unbeweglich streng gewesen."

„Sie, Herr Graf?" fragte Mathilde mit einem eigenthümlichen Lächeln des Zweifels.

„Sie scheinen sich darüber zu wundern", antwortete der Graf; „gleichwol aber ist es eine Wahrheit, daß ich gegen die Frau, die mich betröge, sogar grausam werden könnte."

„Streng vielleicht, aber nicht grausam, Herr Graf", fiel Marie mit ihrer sanften Stimme ein.

„Ich weiß in der That nicht, welcher Ausschreitung ich fähig wäre, wenn ich mich betrogen fände.“

„Sie würden verzeihen und — vergessen“, sagte Ebba in sonderbar zitterndem Ton.

Der Kapitän ward bei diesen Worten bleich und heftete seine schwarzen Augen mit bekümmertem Ausdruck auf Ebba.

„Die Damen vertheidigen die Untreue“, sagte der Rittmeister mit verächtlichem Lächeln, „und es ist ein Glück für den Fürsten der Hölle, daß er so bezaubernde Fürsprecherinnen hat. Du aber, Mathilde, beobachtest ja ein feierliches Schweigen. Hast nicht auch du ein Wort der Vertheidigung für euern freiwilligen Bundesgenossen?“

„Nein, nicht ein einziges“, antwortete Mathilde und sah den Rittmeister an.

„Das wäre sonderbar“, bemerkte der Rittmeister, und der Ton, womit er diese Worte sprach, war unnachahmlich.

„Findest du die Handlungsweise des Barons würdig?“ fragte Marie.

„O nein, das wäre zu embarassant“, antwortete Karl, indem er sich lächelnd in den Schaukelstuhl zurückwarf. „Weit besser gefällt mir da das Verfahren der Türken. Diese ertränken ganz einfach die Treulose. Man braucht da nicht erst ein prachtvolles Gefängniß zu bauen und der Person, die uns um unser Glück bestohlen, täglich seine Aufwartung zu machen. Jener Baron war ein überspannter Narr und verurtheilte sich selbst zu der größten Strafe, nämlich, die Treulose zu sehen.“

„Aber so bedenke doch, daß sie unschuldig war!“ rief Marie mit Wärme.

„Ja, das ist wahr“, sagte der Rittmeister. „Diesen kleinen Umstand hatte ich vergessen; aber es hat auch weiter nichts zu bedeuten.“

„Was soll das heißen?“ fragte Marie.

„Daß jene Frau das, was sie noch nicht war, sicherlich einmal geworden wäre. Darauf konnte der Baron stets rechnen, und deshalb that er sehr klug daran, sie einzuschließen, um zu verhindern, daß sie als Weib ihrem trügerischen Instinct folgte.“

„Karl, wenn man so bedauernswerth ist, eine dergleichen Denkweise zu hegen, so läßt man sie doch wenigstens nicht über die Lippen kommen, dafern man Anspruch darauf macht, für einen Mann von Bildung angesehen zu werden“, fiel die Oberstin ein.

„Liebe Mutter!“ rief der Rittmeister, indem er vom Stuhl aufsprang und ihre Hand ergriff, welche er ehrerbietig küßte, indem er hinzusetzte: „Verzeihe, ich vergesse immer, daß du Weib bist.“

Einige Augenblicke darauf hob der Oberst wieder an:

„Es bleibt nun noch die zweite Abtheilung zu erzählen übrig. Der Sohn des Barons wuchs heran und verrieth frühzeitig eine düstere, verschlossene Gemüthsart. Das kleine Haus blieb unbewohnt und ward blos von dem alten Diener, der ein Zimmer darin innehatte, in Ordnung gehalten. Einmal des Jahres wallfahrtete Baron Anton dahin. Es geschah am Todestage seiner Aeltern, und da schloß er sich in das geheime Zimmer ein. Nach einiger Zeit vermählte er sich und bekam zwei Söhne, von welchen der älteste Majoratserbe des großen, stattlichen Lindsjönäs mit Hüttenwerk und dazu gehörigen anderweiten Besitzungen werden, wogegen der jüngste ein unbedeutendes Erbe an Geld und Mobilien erhalten sollte. Diese ungerechte Bestimmung nährte schon in der Jugend einen unbesiegbaren Neid in dem jüngern Bruder, der von Natur einen verschlossenen, gefühllosen Charakter besaß. Der älteste Bruder, August, hatte ein lebhaftes Temperament und liebte die Welt. Kurz nachdem August mündig geworden, starb der Vater, und der junge Majaratserbe trat sein unermeßliches Vermögen an. Ein Jahr darauf machte er eine Reise ins Ausland und besuchte die meisten Länder Europas. Nachdem er von diesen genug gesehen, ohne daß seine Lust am Reisen sich dadurch vermindert hätte, ging er nach den englisch-westindischen Colonien, wo er sich mehrere Jahre aufhielt. Er verliebte sich hier in eine junge Westindierin von seltener Schönheit, und schrieb nach Hause, daß er sich mit seiner Arinda vermählt habe.

„Ein Jahr nach dieser Mittheilung kam er in Schweden an, und brachte seine Gattin und einen kleinen Sohn mit. In Gothenburg aber ward er krank und starb. Während der letzten Tage seiner Krankheit, als er schon ohne Besinnung war, verschwanden Arinda und das Kind ebenso wie eine sie begleitende westindische Dienerin, und man hatte keine Ahnung, wohin sie den Weg genommen. Unter den Papieren des Verstorbenen fand sich kein Document, durch welches die Angabe, daß Arinda seine Gattin sei, bestätigt worden wäre. Der überlebende Bruder erklärte daher, sie sei blos seine Geliebte gewesen, was auch allgemein als das Wahrscheinlichste angesehen ward, und vom Gesetz angenommen werden mußte, weil kein juristisch gültiger Beweis vom Gegentheil beigebracht werden konnte.

„Auf diesen Grund hin trat der jüngere Bruder das Fideicommiß an, und es vergingen Jahre, ohne daß man von dem verschwundenen Kind oder dessen Mutter etwas hörte.

„So waren zehn Jahre verflossen, als eines Tags in der Umgegend sich das Gerücht verbreitete, der Baron sei in Skogsborg ermordet worden. Die Sache verhielt sich folgendermaßen:

„In einer schönen Augustnacht waren einige Freunde von mir auf der Jagd gewesen und hatten sich im Walde verirrt, wobei sie zufällig in die Nähe von Skogsborg gekommen waren Im höchsten Grade neugierig, dieses sonderbare Haus zu sehen, untersuchten sie dasselbe näher und standen eben im Begriff, in dasselbe einzudringen zu suchen, als ein gräßlicher Angstschrei aus dem Innern des Hauses an ihr Ohr schlug. Sie boten nun alles, was in ihren Kräften stand, auf, um hineinzukommen; aber ihre Bemühungen, in die unheimliche Wohnung einzudringen, schienen fruchtlos bleiben zu sollen, denn die Thür war von Eichenholz und stark mit Eisen beschlagen. Endlich schlug einer von ihnen vor, daß man durch eins der kleinen Fenster hineinkriechen solle. Der schlankste und kleinste von der Gesellschaft erbot sich, dies zu thun, stieg einem seiner Kameraden auf die Schultern und gelangte auf diese Weise wirklich in das Vorhaus, wo er den übrigen die Thür öffnete. Gerade in dem Augenblick, wo er den Riegel zurückzog, hörte man ein wildes, gräßliches Gelächter, und ehe noch einer der Eindringlinge Zeit hatte, seine Gedanken zu sammeln oder zu überlegen, was sie thun sollten, flog die Thür des Saales auf, und ein Weib von rothgelber Hautfarbe und schwarzem Haar stürzte unter wildem Gelächter an ihnen vorbei in den Wald hinaus.

„Die Nacht war dunkel und trübe. Nachdem die jungen Abenteurer sich ein wenig von ihrer Bestürzung erholt, eilten zwei von ihnen der Fliehenden nach. Die übrigen drei wendeten ihre Aufmerksamkeit dem Innern des Hauses zu. Sie durchwanderten die drei Zimmer, welche wir gemeinschaftlich in Augenschein genommen, und fanden in dem innersten die verborgene Thür aufgeworfen, und den Baron dicht vor der Thür mit mehrern Dolchstichen im Rücken todt in seinem Blute schwimmend. Es schien, als hätte er dieselben gleich bei seinem Eintritt erhalten, und als hätte der Mörder ihm hinter der Wand aufgelauert.

„Im Walde suchte man die Entflohene vergebens; den nächstfolgenden Morgen aber fand man ihre Leiche im Fluß. Das Haus ward durchsucht und eine gerichtliche Untersuchung eingeleitet; aber ohne daß dadurch etwas aufgeklärt worden wäre. Der alte Diener, welcher im Hause wohnte, hatte beim Anblick des ermordeten Barons einen Theil seines Verstandes verloren, und konnte keinerlei Auskunft geben. Man setzte ihn wieder in Freiheit, und er kehrte nach Skogsborg zurück, wo er noch bis auf den heutigen Tag weilt und von der Unterstützung des jetzigen Besitzers lebt. Er ist dabei immer noch geisteskrank, obschon schweigsam und ruhig. Das Fideicommiß ward von einem Verwandten angetreten, der es noch jetzt besitzt."

Hätte jemand, während der Oberst erzählte, Acht auf den Kapitän Stuart gegeben, so würde er gefunden haben, daß dieser von einer unruhigen Gemüthsbewegung beherrscht ward, und jedes Wort mit fieberhafter Aufmerksamkeit anhörte. Niemand aber achtete auf ihn, denn alle schienen an diesem Abend mit ihrem eigenen Innern und dem Interesse beschäftigt zu sein, welches die Erzählung erweckte.

„Ist dies alles, was man von der unglücklichen Frau weiß?" fragte der Kapitän.

„Ja, alles. Sechsundzwanzig oder beinahe dreißig Jahre sind seitdem vergangen, und die ganze Sache ist so ziemlich in Vergessenheit gerathen. Das Einzige, was noch an jene beklagenswerthen und räthselhaften Ereignisse erinnert, ist die eingefleischte Furcht des gemeinen Volks vor jenem einsamen Hause, sodaß ohne Noth selten jemand diesen Theil des Waldes besucht."

In diesem Augenblick ward zum Abendessen gerufen, und als dieses eingenommen war, trennte sich die Gesellschaft.

Zwölftes Kapitel.

Ebba saß lange an ihrem offenen Fenster und träumte. Auf ihrem sonst so heitern Antlitz ruhte ein Schatten der Trauer, und man sah deutlich, daß sie von kummervollen Erinnerungen beherrscht ward.

Sie hörte Tritte und heftete hocherröthend ihren Blick auf die Richtung, von welcher her dieselben kamen. In einiger Entfernung von dem Fenster gewahrte sie den Kapitän Stuart, der sich mit zögernden Schritten näherte, während er auf Englisch sagte:

„Ebba, gönnen Sie mir einige Minuten; ich muß mit Ihnen sprechen.“

„Wir haben einander nichts zu sagen“, antwortete Ebba und erhob sich leicht zitternd. „Wir sind ja todt füreinander.“

In Ebba's Stimme lag etwas gleichzeitig Bekümmertes und Sanftes, aber dennoch Würdiges.

„Ich habe dies nicht vergessen“, entgegnete der Kapitän; „aber, Ebba, Sie, die Sie sich in allen Dingen jeder Entsagung fähig gezeigt, Sie werden auch jetzt Ihr gutes Herz nicht verleugnen, wenn ich um einen Dienst bitte. Werden Sie mein Schutzengel, ebenso wie ich früher Ihr Dämon gewesen. Werden Sie auch nun noch sagen: Gehen Sie, wir sind todt füreinander?"

„Nein, das werde ich allerdings nicht", sagte Ebba. Ihr Ton war ruhig und ein Zug von Mitleid lag in ihrer Miene, als sie hinzusetzte:

„Noch niemals hab' ich einem Mitmenschen irgendeinen Dienst verweigert, den ich ihm leisten gekonnt."

„Ich bin also nur einer Ihrer Mitmenschen?"

„Ja; wenn ich Ihnen aber dienen kann, Tom, so seien Sie versichert, daß ich als Christin dies gern thue."

Der Kapitän näherte sich dem Fenster und übergab Ebba einen Brief, indem er sagte:

„Lesen Sie dies, Ebba, und handeln Sie dann, wie Ihr Herz Ihnen gebietet. Ich lege mein Schicksal in Ihre Hände."

Hierauf entfernte er sich.

Ebba schloß das Fenster und zog sich in das Zimmer zurück, wo sie Folgendes las:

„Theuere Ebba!

„Jede Berufung auf Ihren Edelmuth würde einen Zweifel an Ihrem guten Herzen in sich schließen, und einen solche hege ich nicht; deshalb will ich Sie ohne weitere Einleitung von meiner Herkunft und Stellung unterrichten.

„Jener August Rubens, welcher in Gothenburg starb und sich mit einer Westindierin vermählt hatte, war mein Vater und Arinda meine Mutter. Ich bin das Kind, welches nebst der westindischen Dienerin während der Krankheit meines Vaters verschwand.

„Mein Onkel hatte uns alle mit Gewalt und List entführen und nach Skogsborg bringen lassen, wo wir eingesperrt wurden, und unter der Aufsicht eines ihm blind ergebenen Dieners standen. Das Schicksal meiner Mutter war ein sehr trauriges, ganz besonders aber ward sie von der Unruhe über meine Zukunft gequält.

„Eines Tags machte mein Onkel bei einem Besuche ihr den Vorschlag, daß Adla, die Dienerin meiner Mutter, und ich nach Westindien zurückkehren sollten; aber nur unter der Bedingung, daß meine Mutter auf ihr Crucifix (sie war Katholikin) gelobte, weder in meinen noch in Adla's Händen etwas zu lassen, was meine legitime Geburt bestätigte oder mich berechtigte, Anspruch auf das Erbe meines Vaters zu machen, sowie ferner, daß Adla sich ebenfalls eidlich verbindlich machte, niemals selbst wieder nach Schweden zurückzukehren oder mich dies thun zu lassen. Er stellte meiner Mutter frei, dies zu wählen oder ihn mich auf andere Weise aus dem Wege schaffen zu lassen. Da meine Mutter in Westindien reiche Verwandte hatte, so willigte sie gern ein, mich und Adla dahin reisen zu lassen, und war froh, mich unter der Obhut der treuen Dienerin vor weitern Verfolgungen geschützt zu sehen. Bei dem Abschied, welcher einige Stunden später in der Gegenwart des Barons stattfand, hatte sie Adla einen Zettel in die Hand gedrückt, worauf die Worte standen: «Wenn Tom erwachsen ist, oder Du Dein Ende herannahen fühlst, so bitte ihn, hierher zurückzukehren, dieses Haus aufzusuchen und in dieses Zimmer einzudringen. In dem Fußgestell des Crucifix wird er die Urkunden finden, welche seine legitime Geburt bezeugen. Bis dahin will ich wachen und beten!»

„Wir erreichten glücklich Westindien, und hier ward ich von den Verwandten meiner Mutter erzogen, welche, als ich älter ward, mich nach England schickten. Das Schicksal und Ende meiner Mutter kennst Du durch die Erzählung des Obersten. Auf ihrem Sterbebett vor einem Jahr theilte Adla mir dasselbe mit.

„Verschaffe mir nun ein Mittel, in jenes gespenstische Haus einzudringen, um mich der Papiere zu bemächtigen, welche meine Mutter so sorgfältig für ihr Kind verwahrt hat. Ebba, es ist die Rechtfertigung der Todten und mein Wohlergehen, um was ich Dich bitte. Das Crucifix befindet sich, wie Adla mir sagte, in jenem geheimen Zimmer, und ich bitte Dich, mir die Schlüssel zu verschaffen, welche dem Oberst anvertraut worden. Ich werde Dir ewig dafür dankbar sein.

„Dein bis in den Tod ergebener Tom."

Weder der Kapitän noch Ebba ahnten, daß es zwei Augen gab, die von dem geradeüberstehenden kleinern Gebäude aus, welches von den jungen Herren bewohnt ward, sie belauert und alles gesehen hatten, ohne jedoch ihre Worte zu hören, und noch weniger wußte Ebba, daß diese Augen dem Rittmeister gehörten.

Nachdem der Kapitän sich entfernt und Ebba sich zurückgezogen hatte, begann Karl mit raschen Schritten den Fußboden seines Zimmers zu messen. Gefühle, welche große Aehnlichkeit mit Eifersucht hatten, tummelten sich in seinem Herzen, während er unaufhörlich in seinen Gedanken ihr Dasein bestritt, und sich selbst überzeugen wollte, daß er nicht das Mindeste danach fragte, ob Ebba den Kapitän oder irgendeinen andern liebte. Sie war ja Weib und folglich nicht werth, daß man einen einzigen Gedanken an sie verschwendete. Ja, er nahm sich sogar vor, gar nicht an sie zu denken; aber dennoch kehrten seine Gedanken unaufhörlich zu dem Gespräch zwischen Ebba und dem Kapitän zurück, und jagten ihm das Blut immer rascher und wilder durch die Adern.

Dreizehntes Kapitel.

Am nächstfolgenden Morgen sehr früh hüpfte Ebba frisch und blühend die Treppe hinunter. Kein Schatten von Wehmuth und keine Wolke von Kummer verdunkelte den reinen, lebhaften Blick.

Sie blieb einen Augenblick auf der Balcontreppe stehen und schien die frische, balsamische Morgenluft mit vollen Zügen einzuathmen. Dann rief sie einen Dienerknaben und befahl ihm, dem Kapitän Stuart das Buch zuzustellen, welches sie in der Hand hielt.

In diesem Buch lag ein Blatt mit folgenden englisch geschriebenen Worten:

„Ich werde Tom die wichtigen Papiere zu verschaffen suchen, ohne deswegen die meinem Onkel anvertrauten Schlüssel auszuliefern zu brauchen.

Ebba.“

Als der Knabe abgefertigt war, beabsichtigte Ebba weiter zu gehen, als ein fürchterliches Geklirr von etwas Zerbrechendem an ihr Ohr schlug und eine Kinderstimme in demselben Augenblick von dem Salon her rief:

„Ach Gott, ich Unglücklicher!“

Dann vernahm man heftiges Schluchzen.

Mit einigen leichten Schritten war Ebba wieder die Treppe hinauf, und stand im nächsten Augenblick vor der Thür, hinter welcher das Geklirr und die Stimme sich hatten vernehmen lassen. Sie fand schon Marie hier.

„Edvard hat etwas zerbrochen", sagte Marie.

„Aber was muß das sein? Er weint ja."

„Wenn es nur nicht Gustav Wasa ist", rief Marie erschrocken; „denn dann wird der Onkel sehr bös."

Ohne zu antworten, drehte Ebba rasch den Schlüssel der Thür um, und als diese aufging, bot sich den beiden jungen Damen ein betrübender Anblick dar.

Eine Büste von kolossaler Größe und Gustav Wasa vorstellend, die ihren Platz auf einem Piedestal vor dem Trumeau in dem großen Salon gehabt, war von ihrem erhabenen Standpunkt auf den Fußboden herabgestürzt und dabei in mehrere Stücken zerbrochen. Mitten unter den Stücken lag der kleine Edvard auf den Knien, weinte und rang die Hände.

„Mein Gott, Edvard, was hast du gemacht?" rief Marie.

„Ach, Tante Marie, Tante Marie! Ich bin unglücklich; ich habe das schöne Brustbild zerbrochen", schluchzte der Knabe.

„Wie ist denn das zugegangen?" fragte Ebba.

„Ich wollte hinaufsteigen, um auf den Schultern der Büste zu reiten, und da stieß ich so daran, daß — daß —"

„Daß sie herunterfiel. Der Onkel wird schön bös werden!" sagte Marie.

„Ach, gute Tante, das ist es ja eben, was mich so unglücklich macht; denn ich weiß, wie viel er auf die schöne Büste hielt", rief Edvard die Hände ringend und immer lauter schluchzend.

In diesem Augenblick ließ die Stimme des Obersten sich hören.

„Guten Morgen, Marie, guten Morgen Ebba!" rief er. „Was treibt ihr denn hier, daß man es wie einen Donnerschlag im ganzen Hause hört?"

Der Oberst hatte nicht Zeit, mehr zu sagen, denn er war jetzt bis an die Thür gelangt, und erblickte das Werk der Zerstörung. Einen Augenblick lang stand er stumm da und betrachtete es, dann ging er auf Edvard zu, packte ihn beim Kragen und rief:

„Was zum Teufel hast du angerichtet, Bursche?“

Zugleich hob er den Stock, um eine ernste Züchtigung auf seine Worte folgen zu lassen. Der gehobene Arm ward aber sofort von vier Frauenhänden gefaßt, und vier schöne Lippen riefen:

„Lieber Onkel, hör' uns an! Edvard ist nicht der allein Schuldige.“

Der Oberst ließ den Arm sinken und sah die beiden Fürsprecherinnen mit funkelnden Blicken an, während er in strengem Tone fragte:

„Hat er denn nicht —“

„Die Büste zerbrochen?“ fiel Ebba ein. „Ja, allerdings, aber er konnte nichts dafür; die Schuld war —“

„Einzig und allein mein“, unterbrach der Knabe mit fester Stimme, obschon dieselbe vom Weinen noch ein wenig undeutlich war. „Ich habe Schläge verdient, Onkel; aber ich kann das Geschehene doch nicht wieder gutmachen, und deshalb bin ich so unglücklich.“

Und damit brach er wieder in lautes Schluchzen aus.

„Komm mit!“

Dies war alles, was der Oberst sagte, und er faßte den Knaben bei der Hand.

„Onkel!“ rief Marie, indem sie die eine Hand des Obersten erfaßte und ihn bittend ansah.

„Laß mich los!“ sagte der Oberst und verließ mit Edvard das Zimmer.

An der Thür begegnete er dem Grafen, Mathilde und dem Rittmeister, welche ebenfalls durch das Getöse hierher gelockt worden waren. Ohne aber ein Wort zu sagen, ging der Oberst an ihnen vorbei.

Bei dieser Vermehrung der Zuschauer nahm Ebba eine unbefangene Miene an und sagte:

„Edvard hat Unglück mit der schönen Büste gehabt. Es ist ein unersetzlicher Verlust.“

„Welchen du durch eine Unwahrheit wieder gutzumachen suchtest“, unterbrach sie der Rittmeister lächelnd. „Der Knabe war aber zu stolz, sich durch eine Lüge von der Strafe loszukaufen, obschon die Unwahrheit von so bezaubernden Lippen ausgesprochen ward wie die deinigen.“

„Und daran that er ganz recht“, antwortete Ebba mit etwas lebhafterer Farbe als gewöhnlich. „Bei reiflicher Ueberlegung finde ich sein Versehen zu groß, als daß es ungestraft bleiben könnte, und mich selbst finde ich tadelnswerth, weil ich ihn der Strafe entziehen wollte.“

Mit diesen Worten ging Ebba die Treppe hinunter auf den Hof, und der Rittmeister folgte ihr.

„Deine so augenblicklich fertige Unwahrheit war also nur eine Folge der Gewohnheit und nicht des Mitleids“, sagte er.

„Was glaubst du selbst?“

„Wenn Gewohnheit und Natur gemeinschaftliche Sache machen, um die Wahrheit zu verscheuchen, dann ist es wol keinem Zweifel unterworfen, daß sie auch wirklich die Flucht ergriffen hat.“

„Du hast eigenthümliche Begriffe von meinem Geschlecht; aber du erinnerst dich wol auch, daß ich deine Gegnerin und die Vertheidigerin der Sache der Tugend bin.“

„Wie könnte ich das vergessen, besonders da ich gestern Abend, oder richtiger diese Nacht, durch den Augenschein daran erinnert ward?“

„Wol durch die Erzählung des Onkels?“

„O nein, durch dich.“

„In der That, davon weiß ich nichts.“

„Ich bin allerdings vollständig überzeugt, daß du meine Nähe nicht ahntest“, antwortete der Rittmeister mit einem eigenthümlichen Lächeln.

In diesem Augenblick trat Kapitän Stuart aus dem kleinern Hofe.

Karl hob in leisem Tone wieder an:

„Ich muß dich wol nun verlassen, denn du hast vielleicht etwas zu sagen, was du dem Kapitän während euers Gesprächs durch das Fenster in voriger Nacht nicht Zeit hattest mitzutheilen.“

Ebba erröthete und Karl begleitete seine Worte mit einem beinahe verächtlichen Lächeln, worauf er hinzusetzte:

„Du hast mir da eine gute Waffe gegen dich und dein Geschlecht in die Hand gegeben.“

Ebba sah Karl an. In ihrem Blick lag ein Ausdruck tiefen Ernstes, ruhiger Würde und wirklicher Reinheit, als sie antwortete:

„Nein, Karl, du brauchst nicht fortzugehen. Was Kapitän Stuart und ich einander zu sagen hatten, ist alles gestern Abend gesagt worden, und was die Waffe betrifft, welche ich, wie du glaubst, dir in die Hand geliefert habe, so fordere ich dich auf, mir damit zu beweisen, daß die Tugend in unserm Munde ein schönes, aber leeres Wort ohne alle Bedeutung oder eine trügerische Maske ist, hinter welcher wir entgegengesetzte Eigenschaften verbergen.“

Ebba warf stolz ihr schönes Haupt empor, und entfernte sich, ohne ihrem Cousin Zeit zur Antwort zu lassen.

Während der Rittmeister auf den Kapitän zuging, dachte er:

„Jeder andere als ich würde sich durch den reinen Ausdruck in ihrem Blick täuschen lassen; mich aber betrügt sie nicht so leicht. Ich sah sie erröthen, und das Zeugniß des Blutes ist zuverlässiger als das der Lippen.

Gleichwol ist es betrübend, zu wissen, daß der äußere Adel nur eine gut einstudirte Rolle ist. Nun, da ich dies weiß, werde ich auch Kraft genug haben, Ebba's Bild aus meinem Herzen zu reißen, wenn auch dieses selbst dabei ertödtet werden sollte."

Vierzehntes Kapitel.

Einige Stunden später waren alle im Speisesaal versammelt. Der Oberst war schweigsam und die allgemeine Stimmung etwas gedrückt.

Edvard war nicht sichtbar.

Ebba führte ein leises, aber lebhaftes Gespräch mit dem Maler.

Mathildens schönes Antlitz war zufällig einmal von einem melancholischen Ausdruck umschleiert.

Der Lieutenant und der Graf boten beide ihre ganze Liebenswürdigkeit auf, um sie zu zerstreuen: aber die Sonne der Gnade hatte noch keinen Strahl für sie.

Kapitän Stuart fixirte sie beinahe ununterbrochen, und es wäre schwer gewesen, den Ausdruck seines Blicks zu dolmetschen.

Nach beendetem Frühstück verschwanden Ebba und der Maler. Kapitän Stuart nahm Abschied. Er beabsichtigte auf ein paar Tage nach der Stadt X. zurückzukehren, versprach aber, bald wiederzukommen. Der Rittmeister erklärte, daß er auch nach der Stadt wolle und deshalb dem Kapitän Gesellschaft leisten werde.

Nachdem alle, außer dem Grafen, sich entfernt, näherte Mathilde sich dem Oberst und sagte:

„Guter Onkel, sei nicht bös auf den armen Edvard.“

Ihre Miene und Haltung, als sie so das Haupt beugte, war so hinreißend, daß der Graf nie etwas Schöneres gesehen zu haben glaubte.

„Mische dich nicht in diese Dinge, Mathilde“, antwortete der Oberst kurz, „sondern sieh' zu, daß du dich nicht selbst gegen deine Diener vergehst.“

Und damit verließ er das Zimmer.

Mathilde, welche vor dem Grafen als Engel der Versöhnung dastehen wollte, ward bei dieser Antwort feuerroth, und als ihre Augen auf den Grafen fielen, sagte sie mit verstellter Ueberraschung:

„Sind Sie hier, Herr Graf? Ich glaubte, Sie wären auch fort.“

„Ach, gnädige Frau“, entgegnete er, „ich war ein unbemerkter Zeuge der Fürbitte, welche Ihr gutes Herz Ihnen für jenen kleinen Verbrecher dictirte.“

Mathilde, welche noch die Antwort des Obersten in ihrem Ohr widerhallen hörte, zog ein wenig die Augenbrauen zusammen und sagte in etwas ungeduldigem Ton:

„Haben Sie die Güte, mich zu verlassen, Herr Graf. Ich liebe es nicht, Ihnen fortwährend auf meinem Wege zu begegnen.“

„Wodurch habe ich mich Ihnen denn misliebig gemacht?“ fragte der Graf, indem er einen Schritt näher trat.

„Dadurch, daß Sie bleiben, wenn ich Sie bitte, zu gehen“, antwortete Mathilde und verließ das Zimmer.

Ganz dunkel dachte der Graf:

„Sie ist launenhaft.“

Dieser Gedanke schwebte aber nur unklar vor seiner Seele.

Ebba und der Maler hatten sich mittlerweile in die Wohnung des Inspectors hinunterbegeben und hielten hier eine große Berathung.

Auf der ausgezogenen Speisetafel lagen die Scherben der zertrümmerten Büste, und daneben standen Ebba und der Maler.

„Glauben Sie, Herr Wall, daß es möglich ist, die Stücken wieder zusammenzusetzen?“ fragte Ebba.

„Wir wollen es versuchen“, war die Antwort.

„Aber es darf niemand etwas davon eher wissen, als bis es uns gelungen ist“, meinte Ebba.

Marie dagegen ging nach dem großen Hause hinauf, um sich nach Edvard zu erkundigen.

Der Oberst saß in seinem Zimmer und las die Zeitungen, während er eine Rauchwolke nach der andern mit großer Heftigkeit von sich blies.

Die Thür öffnete sich und Marie trat ein. Bei dem Geräusch ihrer Tritte hob der Oberst den Kopf empor und sah sie an.

„Was willst du, Marie?“ fragte er.

„Lieber Onkel, laß mich Edvard sehen“, bat Marie, indem sie sich dem Oberst näherte.

„Nein; seine Strafe ist eben, niemand sehen zu dürfen. Findest du das zu streng?“

„Durchaus nicht, aber —“

„Deine natürliche Schwäche treibt dich, ihn trösten zu wollen, nachdem er sich so schlecht betragen. Als du alle Rechte über den Knaben mir überließest, gabst du mir auch das, seine Fehler zu bestrafen.“

„Onkel“, rief Marie mit thränenvollen Augen, „du weißt, wie innig ich dieses Kind liebe, und wie grenzenlos mein Vertrauen auf deine Güte ist. Laß mich daher nur ein paar Worte mit ihm sprechen.“

„Was willst du ihm denn sagen?“

„Alles, was mein Herz mir eingibt. Bedenke, daß der arme Knabe vater- und mutterlos ist, daß er auf der ganzen Erde nur auf die Barmherzigkeit der Menschen, aber nicht auf die Liebe sorgender Aeltern angewiesen ist!“

„Aber, Marie, warum hast du ihn seiner Mutter beraubt?“ fragte der Oberst, und es lag in seinem Ton eine unverkennbare Anklage.

Marie neigte das Haupt und flüsterte schluchzend:

„Wieder dieser Argwohn.“

„Du hast recht“, entgegnete der Oberst. „Ich habe einmal mein Wort darauf gegeben, den Knaben zu nehmen, ohne nach seiner Geburt zu forschen, und jede Anspielung hierauf ist sonach nicht in der Ordnung. Hier ist der Schlüssel. Der Knabe sitzt in dem grünen Zimmer eingesperrt.“

Marie ergriff die Hand des Obersten und führte sie mit herzlichem Dank an ihre Lippen, worauf sie das Zimmer verließ.

Einige Augenblicke später saß Marie in dem grünen Zimmer und hielt den weinenden Knaben fest an ihre Brust gedrückt. Worte, ernste aber milde Worte, gingen über ihre Lippen. Sie suchte ihm klar zu machen, daß seine tollen Streiche so viele Verdrießlichkeiten und Unannehmlichkeiten zur Folge hätten, daß er seine kindischen Freuden allzu theuer erkaufte, weil sie andern Schmerz bereiteten.

Edvard schlaug seine Arme um den Hals der liebevollen Trösterin, versprach seinen Einfällen niemals wieder Raum zu geben, und weinte sich müde an ihrer Brust.

Endlich verließ Marie ihren kleinen Schützling und schloß sein Gefängniß wieder zu, dessen Schlüssel sie wieder an den Oberst abgab.

„Nun, wie stand es mit Edvard?“ fragte dieser.

„Als ich kam, war er in die wilde Verzweiflung eines Kindes versenkt; jetzt aber ist er ruhiger, und beweint nur noch bitterlich den großen Aerger, den er dir verursacht hat, Onkel.“

„So!“ war alles, was der Oberst antwortete: nicht lange darauf ging er aber selbst, um seinen kleinen Gefangenen freizulassen, indem er sagte:

„Komm heraus, Edvard! Du sollst mit mir auf das Hammerwerk gehen.“

Der Knabe ergriff schluchzend seine Hand.

„Bursche, wirst du wol bald aufhören, zu weinen? Das schickt sich nicht für einen Knaben. Komm, wir wollen das Geschehene vergessen.“

Als Marie bei Mathilde eintrat, fand sie diese beschäftigt, Lisetten auszuschelten, weil ihr die Kleider nicht recht sitzen wollten.

„Na, das ist gut, daß du einmal kommst!“ rief Mathilde ihrer Stiefschwester entgegen. „Ich möchte wissen, womit du dir die Zeit vertreibst; denn bei mir bist du niemals, obschon du da an deinem rechten Platze wärest, wenn —“

„Wenn du mich brauchst, ja“, antwortete Marie und sah der Schwester gerade ins Gesicht. „Zum Anprobiren eines Kleides aber brauchst du blos Lisetten. Ich war bei Edvard.“

Marie sprach dieses letztere Wort mit besonderm Nachdruck.

Mathilde wechselte die Farbe; entgegnete aber mit Heftigkeit:

„Wenn ich nur nicht fortwährend von diesem unausstehlichen Knaben hören müßte! Du weißt, daß schon sein Anblick mein Blut in Wallung setzt.“

„Ja, das weiß ich“, antwortete Marie, und ihre Stimme hatte einen sehr eigenthümlichen Ausdruck, welcher Mathilde noch mehr zu reizen schien, denn sie stampfte mit dem Fuße und schrie:

„Schweig, Marie!“

In demselben Augenblick öffnete sich die Thür, und Baron Remmer, Mathildens Vater, trat ein.

Sofort änderte sich ihr ganzes Aussehen, und mit lächelnder Miene ging sie ihrem Vater zu bewillkommnen.

Sie hatte von ihrer Kindheit an eine große Verehrung für ihren Vater bewahrt, und besaß soviel Anhänglichkeit an ihn, als ihr egoistischer Charakter gestattete. Vor ihm zeigte sie sich stets sanft und nachgiebig; denn sie sah recht wohl ein, daß dies das einzige Mittel war, sich sein Wohlwollen zu sichern, und dieses wollte sie nicht verlieren.

Wir verlassen Vater und Tochter bis auf weiteres.

Funfzehntes Kapitel.

Alles auf Ljungstahof war in tiefen Schlaf versenkt, als Ebba in einem dunkelfarbigen Reitkleid ihr Zimmer verließ, die Balkontreppe hinunterging und den Weg nach dem Schlosse nahm, wo der alte Kutscher des Barons sie mit einem gesattelten Pferd erwartete.

„Hier hast du etwas, mein Freund“, sagte Ebba, indem sie ihm ein Trinkgeld in die Hand drückte; „vergiß aber nicht, daß du keinem Menschen ein Wort von diesem meinen Ausfluge sagen darfst.“

„O, gnädige Frau, ich dächte, Sie kennten mich von alters her und wüßten, daß ich schweigen kann“, war die Antwort.

Ebba schwang sich mit Leichtigkeit in den Sattel und sprengte blitzschnell davon. Nachdem sie eine ziemliche Strecke zurückgelegt hatte, bog sie in den Wald ein und war nun auf dem Wege nach Skogsborg.

Nach einem zweistündigen Ritt machte sie in der Nähe des unheimlichen Hauses halt. Sie sprang vom Pferde, band es an einen Baum und näherte sich dem Eingang.

Die Nacht war schon weit vorgeschritten, und ein geheimnißvolles Dunkel ruhte auf der ganzen Umgebung.

Der stille Wald, das einsame Haus und seine blutigen Erinnerungen, alles war geeignet, selbst einer muthigern Brust als der Ebba's Furcht einzujagen.

Zitternd blieb sie stehen und lauschte am Eingang, denn sie fürchtete, von dem halb wahnsinnigen Wächter dieses Hauses bemerkt zu werden.

Als sie sich überzeugt hatte, daß alles still im Hause war, näherte sie sich dem Eingang, steckte einen Schlüssel in das Schloß und öffnete vorsichtig die schwere Thür von Eichenholz, worauf sie mit hörbarem Herzklopfen in die finstere, von grauen Marmorpfeilern getragene Vorhalle trat.

Sie drückte die Hände aufs Herz und stützte sich keuchend an einen der Pfeiler, um Kraft und Muth zum Weitergehen zu schöpfen.

Nachdem sie einige Augenblicke gezögert, ging sie weiter nach der Thür, welche in das Zimmer führte. Auch diese öffnete sie und befand sich nun in dem achteckigen Saal. Ohne sich weiteres Zaudern zu gestatten, oder ihrer Furcht Gehör zu schenken, ging sie durch die andern beiden Zimmer und stand nun vor dem geheimnißvollen Spiegel, hinter dessen glänzender Scheibe Blut und Thränen geflossen waren

Die Silberstrahlen des Mondes fielen auf den reichverzierten Rahmen, welchen sie mit großer Genauigkeit betrachtete, um ein Merkmal zu entdecken, welches die verborgene Feder verriethe. Sie drückte an mehrern Stellen, aber ohne Erfolg, und endlich murmelte sie bei sich selbst:

„Der Onkel sprach von einem Knopf in dem Rahmen, aber ich sehe keinen dergleichen.“

Wieder begann sie die künstliche Spiegeleinfassung genau zu untersuchen, und rief endlich beinahe freudig:

„Siehe da!“

Auf einen in einer Rosette der Schnitzarbeit angebrachten kleinen Knopf drückend, fühlte sie, wie dieser nachgab, und der Spiegel drehte sich in seinen unsichtbaren Angeln. Das Zimmer, welches sich in der dunkeln Sommernacht jetzt für Ebba öffnete, hatte etwas Schauerliches. Fenster gab es darin nicht, sondern das Licht fiel durch eine an der Decke angebrachte Glaskuppel herein.

Die Wände waren von weißem Marmor und die Möbeln bestanden aus einem großen altmodischen Bett mit dunkelrothen, schweren Damastvorhängen. Eine Toilette von altväterischer Form, hohe Stühle mit dunkelrothem Ueberzug, und ein Betstuhl mit einem silbernen Crucifix nahmen die eine Ecke ein.

Was aber ganz besonderes Grauen erweckte, waren die Spuren, welche dieses Zimmer noch von dem hier vergossenen Blute zeigte. Die eine Wand neben der Nische, in welcher die verborgene Thür angebracht war, schien mit dunkeln Blutflecken bespritzt zu sein, und die großen Flecken auf dem Fußboden schienen ebenfalls von dem Mord zu sprechen, welcher hier verübt worden.

Ebba fühlte sich von einem kalten Schauer durchrieselt bei dem Anblick dieser grauenvollen Spuren, welche der Mond mit seinem matten, bleichen Schein beleuchtete. Sie war einige Augenblicke auf der Schwelle stehen geblieben, ward aber plötzlich durch ein schnappendes Geräusch hinter ihrem Rücken aus ihrem stummen Zittern aufgerüttelt.

Erschrocken drehte sie sich um.

Die Spiegelthür, durch welche sie hereingekommen, war infolge des Luftzuges zugeschlagen und ins Schloß geschnappt. Ebba dachte in diesem Augenblick, nachdem sie die Ursache des Geräusches entdeckt, nicht weiter daran, sondern eilte weiter bis an den Betstuhl.

Mit einem eigenthümlichen Gefühl von Ehrfurcht hob sie das Crucifix empor.

Es war in Silber gearbeitet und mit wirklicher Meisterschaft ciselirt. Das Kreuz ruhte auf einer kleinen, einige Zoll starken Plateforme von Ebenholz, die aber massiv zu sein schien.

Ebba drückte ihre Lippen mit Rührung auf das Christusbild, wickelte es in ihr Tuch und schickte sich an, das Zimmer zu verlassen.

Als sie sich aber umdrehte, gewahrte sie zwei ganz gleiche Vertiefungen wie die, durch welche sie gekommen, und welche zwei Nischen mit Spiegeln im Hintergrunde bildeten.

Ebba näherte sich der, vor welcher die großen Blutflecken sichtbar waren, und kaum den Boden mit den Füßen berührend, stand sie vor dem blanken Spiegel, der mit kaltem Lächeln ihr eigenes Bild zurückwarf, ohne ihr Auskunft zu geben, wie sie wieder hinauskommen könnte.

Ebba gab sich alle erdenkliche Mühe, eine verborgene Feder aufzufinden. Sie legte das Crucifix nieder und begann erst mit Ruhe, dann mit Eifer und endlich mit fieberhafter Angst jede Blume, jeden Knopf und jede Verzierung zu untersuchen und darauf zu drücken; aber vergebens.

Die Einsamkeit und das unheimliche Zimmer, alles trug bei, das Blut ihr immer schneller durch die Adern zu jagen, es brauste ihr vor den Ohren, und Thränen der Furcht und Verzweiflung rollten ihre Wangen herab, während sie die Hände rang und wiederholt rief:

„O mein Gott, mein Gott, hilf mir!“

In demselben Augenblick schallte ein dämonisches Gelächter durch das Haus, worauf Schluchzen und Seufzer folgten.

Ebba sank auf die Knie nieder, ohne zu wissen, was sie that; denn das Blut schien ihr in den Adern zu Eis zu erstarren.

Unheimliches Schweigen trat ein. Sie begann wieder zu athmen und lauschte mit zitterndem Körper und gelähmten Gliedern. Kein Laut ließ sich weiter hören.

Endlich erhob sie sich wieder, um mit vermehrtem Eifer aus diesem Zimmer hinauszukommen zu suchen; kaum aber hatte sie sich in dieser Absicht herumgedreht, als dasselbe dämonische, gräßliche Gelächter an ihr Ohr schlug, und diesmal dicht neben ihr.

Ebba's Angst erreichte den höchsten Gipfel. Gleichwol wendete sie mechanisch das Gesicht nach der Richtung, von welcher das Gelächter herkam; fühlte sich aber in demselben Augenblick von einer kalten Hand an der Schulter ergriffen.

Muth, Seelenstärke und Kräfte verließen sie nun gänzlich, und mit einem lauten Angstschrei stürzte sie bewußtlos auf den blutbefleckten Boden nieder.

Sechzehntes Kapitel.

Die Sonne schien hell und warm in das Speisezimmer auf Ljungstahof. Man war im Begriff zu frühstücken.

„Wo bleibt denn Ebba?“ fragte der Oberst. „Sie pflegt sonst sehr pünktlich zu sein.“

„Wahrscheinlich hat sie einen Spaziergang unternommen“, antwortete die Oberstin.

Man begann zu speisen.

„Ist Karl noch nicht von X. zurück?“ fragte der Oberst.

„Nein, lieber Eldner; du weißt ja, wenn Karl das Reisen einfällt, so ist er nicht sobald wieder zu Hause zu erwarten.

„Ja, der Teufel soll mich holen, er ist launenhaft wie —“

„Wie eine junge Witwe“, fiel der Lieutenant ein und trank ein Glas Porter.

„Das war ein Hieb für dich, Mathilde“, meinte der Oberst.

„Ich fühle mich aber davon durchaus nicht getroffen“, antwortete Mathilde lächelnd, „denn es gibt hier mehr Witwen als mich.“

„Die Kapitänin zum Beispiel“, sagte der Lieutenant lächelnd.

„Ei, ei, mein lieber Fries! Das klingt, als ob Ebba dich schlecht behandelt hätte!“ rief der Oberst lachend.

„O nein, so gut steht es nicht“, seufzte der Lieutenant und aß mit gutem Appetit. „Sie hat mich leider gar nicht behandelt, und dies ist eben mein Unglück, Onkel.“

„Sie wünschen also mishandelt zu sein, Herr Lieutenant?“ fragte Mathilde, welche heute sehr geneigt war, sich mit dem Lieutenant zu beschäftigen und zu thun, als sähe sie den Grafen gar nicht.

„Von einer schönen Dame?“ entgegnete der Lieutenant. „Ja, gnädige Frau; etwas Höheres wünsche ich mir nicht.“

„Ein eigenthümlicher Wunsch, der eine nähere Erklärung verlangt“, bemerkte Mathilde.

„Soll ich dieselbe geben?“ fragte der Lieutenant.

„Versteht sich, Herr Lieutenant. Sie haben ja das Paradoxon selbst ausgesprochen“, entgegnete Mathilde.

„Sonst wäre Thorenhjelm der rechte Mann“, sagte der Lieutenant, indem er aufstand und sich Mathilde näherte.

„Warum das?“ fragte Mathilde.

Die übrige Gesellschaft war auf ein anderes Thema gekommen.

„Weil heute er es ist, der gemishandelt wird“, antwortete der Lieutenant in gesenktem Tone und schaute Mathilde in die gefährlichen Augen.

„Meinen Sie, Herr Lieutenant?“ entgegnete Mathilde, indem sie mit zerstreuter Miene ein Stück Brot zerkrümelte und dann fortfuhr: „Aber lassen Sie uns zum Scherz annehmen, daß Sie der Gemishandelte wären, worin bestünde dann Ihr Glück, es zu sein?“

„Darf ich einen Augenblick Thorenhjelm spielen und mich in seine Gefühle und Stellung versetzen?“ fragte der Lieutenant, indem er neben Mathilde Platz nahm.

„Sehr gern. Lassen Sie hören, wie Sie da folgern würden", entgegnete sie.

„Betrachten Sie ihn erst."

„Wozu das?" fragte Mathilde mit der größten Gleichgültigkeit.

„Um den Unterschied in unserer Art und Weise, glücklich zu sein, recht zu beurtheilen. Glauben Sie, daß er glücklich aussieht?"

„O nein, das kann ich nicht sagen: aber lassen Sie mich hören. Sie stellen jetzt den Grafen vor und werden, wie Sie behaupten, von mir gemishandelt, worüber Sie sich, Ihrer Auffassung gemäß, sehr glücklich fühlen."

„Sehr richtig, denn bei jedem mal, wo Sie sich herabließen, unbarmherzig, hart, launenhaft und gleichgültig zu sein, würde ich denken —"

„Daß Sie Ihre Zeit und Ihre Gefühle ohne Hoffnung auf Erfolg vergeudeten."

„Durchaus nicht, dies würde ich mich wol hüten zu denken. Im Gegentheil, ich würde den Wechsel Ihrer Laune mit wirklichem Entzücken ertragen, wohl wissend, daß der Mann, den eine Dame mit ihren Launen beehrt, ihr keineswegs gleichgültig ist."

„Was behaupten Sie da?"

„Die reine Wahrheit, meine Gnädige; denn an einen Mann, an dem ihr nichts liegt, verschwendet sie weder ihre Liebenswürdigkeit noch ihre üble Laune. Sie nimmt sich nicht die Mühe, einen Mann zu quälen, der sie nicht interessirt. Sie sind heute lauter Sonnenschein gegen meinen Freund Fries. Daraus schließe ich, daß Sie sich vorgenommen haben, mein Herz mit Sturm zu nehmen, und ich fühle mich glücklich, daß Sie nehmen wollen, was ich von ganzer Seele zu Ihren Füßen niederzulegen wünsche."

„Das steht in keinem Zusammenhang. Denken Sie, wenn ich nun auch gegen Sie launenhaft würde?"

„Dann verließ ich Ljungstahof auf der Stelle."

„Da haben Sie den Beweis, daß Ihre Schlußfolgerungen unrichtig sind.“

„Durchaus nicht, meine Gnädige.“

„Nun, wie wollen Sie denn dieselben vertheidigen?“

„Auf ganz einfache Weise. Als Thorenhjelm wünsche ich nichts Höheres, als daß Sie mein Herz nehmen, als Fries aber fürchte ich es.“

„Sie sind nicht sehr artig, Herr Lieutenant.“

„Gnädige Frau, Sie sind eine viel zu schöne und viel zu geistreiche Dame, als daß Sie nicht jeden zu Ihrem Sklaven machen sollten, dem Sie ein Lächeln schenken, oder den Sie mit Ihrer Aufmerksamkeit beehren, und ich fürchte die Sklaverei, selbst wenn der Tyrann in Gestalt eines reizenden Weibes erscheint.“

In diesem Augenblick ward die Thür aufgerissen und der Rittmeister trat ein.

„Welche von den Damen ist heute Morgen ausgeritten?“ fragte er eifrig.

„Wahrscheinlich Ebba, da sie nicht zum Frühstück erschienen ist“, meinte Mathilde.

„Aber sie ist wol wieder zurück?“ fragte Karl.

„Nein, vor einer Weile, wo ich nach ihr schickte, war sie noch nicht da“, antwortete die Oberstin. „Aber warum fragst du?“

„Das werde ich dir sogleich sagen“, entgegnete der Rittmeister. „Weiß niemand, wo Ebba hingeritten ist, oder ob jemand sie begleitete?“

„Nein, sie muß ganz zeitig aufgebrochen sein, denn von uns hat niemand sie gesehen. Ebba thut dies fast alle Tage.“

„Woher weißt du denn, daß sie ausgeritten ist?“ fragte die Oberstin.

„Daher, daß ich, nachdem ich die Stadt bei Tagesanbruch verlassen und die kleine Allee, welche nach dem Stalle führt, heraufgeritten kam, ein Pferd vor mir hingalopiren sah. Es war gesattelt, aber ohne Reiter.

An der Stallthür blieb es stehen, und da ich selbst gleich darauf hier halt machte, so fand ich, daß das Pferd einen Damensattel trug und kein anderes war als Papas Leo. Ich fragte den Stallknecht, welche von den Damen sich dieses Pferdes bedient hätte; aber er wußte nichts, sondern hatte geglaubt, einer der Herren habe das Pferd aus dem Stall gezogen."

„Das klingt sehr sonderbar. Wenn nur Ebba kein Unglück zugestoßen ist", rief Marie erschrocken.

„Liebes Kind, wahrscheinlich ist sie irgendwo abgestiegen und hat Leo nicht ordentlich angebunden, sodaß der Bursche sich losgemacht hat und nach Hause gelaufen ist", meinte der Oberst. „Auf alle Fälle werde ich hinunter in den Stall gehen und mich erkundigen, wer das Pferd gesattelt hat; denn zum Teufel, selbst kann es sich nicht gesattelt haben!"

Mit diesen Worten verließ der Oberst das Zimmer, und Marie eilte hinauf in Ebba's Zimmer, um ihre Zofe zu fragen.

„Die ganze Sache kommt mir so sonderbar vor, daß ich ebenfalls anfange, unruhig zu werden", sagte die Oberstin und ging hinaus.

„Es ist sehr unüberlegt von Ebba, daß sie sich allein auf dergleichen Streifzüge macht", bemerkte Mathilde.

„Ganz gewiß wäre es klüger, wenn sie zu Hause sitzen bliebe und Schlingen legte", antwortete der Rittmeister in verächtlichem Ton.

„Meine Herren, wir müssen hinaus, um die verschwundene Amazone ausfindig zu machen", rief der Lieutenant und schlug Thorenhjelm auf die Schulter. „Komm immer mit, Bruder Eldner muß erst frühstücken, und ich habe dir überdies etwas zu sagen."

Der Graf, der Ingenieur, der Maler und der Lieutenant ließen den Rittmeister und Mathilde allein.

„Mathilde, ich habe eine Bitte an dich, welche du erfüllen mußt“, sagte der Rittmeister und ging auf seine Cousine zu.

„Und wenn ich mich nun weigere?“ entgegnete Mathilde, indem sie ihre großen Augen mit einem eigenthümlichen Ausdruck auf Karl heftete.

„Dann zwinge ich dich.“

„Das klingt ja recht imposant. Nun, wie lautet denn deine Bitte?“ fragte Mathilde, das letzte Wort betonend.

„Ich habe keine Bitte an dich zu stellen, sondern ein einfaches Begehren. Das Weib, welches man bittet, liebt man, aber —“

„Du hassest mich, das weiß ich, und beantworte deine Gefühle in derselben Weise. Nun, was willst du?“ fragte Mathilde und ihre Brust hob sich unruhig.

„Ich wünsche, daß du ein einziges mal in deinem Leben die Wahrheit sprächest. Ich begehre von dir eine ehrliche und aufrichtige Antwort.“

„Und diese soll ich dir geben! O, du rechnest ein wenig zu sehr auf meine weibliche Schwäche.“

„Auf deine Furcht vor der Wahrheit rechne ich. Willst du meine Frage ehrlich beantworten?“

„Nein“, entgegnete Mathilde und sah Karl mit bitterm Lächeln an. „Nein, das will ich nicht; denn ich lese in deinem Gesicht, daß du von irgendeiner Ungewißheit gequält wirst. Ich will es nicht; denn ich ahne, daß die Wahrheit von Gewicht für deine Ruhe sein muß, da du dich an mich wendest. Verstehst du? Ich hasse dich, und der Haß lebt von der Qual des Gehaßten und weidet sich daran.“

Mathilde legte ihre Hand auf Karl's Arm und setzte in zitterndem Ton hinzu:

„Hab' ich nun ehrlich gesprochen?“

„Du hast auch jetzt gelogen, denn du hassest mich durchaus nicht“, antwortete der Rittmeister in kaltem, hartem Ton. „Du fürchtest mich blos. Doch lassen wir dies und höre wohl, was ich dir sage. Du wirst meine Frage ehrlich beantworten, oder ich reiße den Vorhang hinweg, welcher die Ereignisse verhüllt, die in —"

Mathilde ward bleich.

„Kein Versprechen, kein Eid bindet meine Zunge und zwingt mich, dich deine trügerische Maske beibehalten zu lassen", fuhr der Rittmeister fort. „Du weißt, daß Max mir alles gesagt hat. Reize mich daher nicht, denn ich könnte dir sonst leicht diese Maske abreißen und sagen: Sehet hier ein Weib ohne Ehre, ohne Herz und ohne Gewissen!"

Mathilde sank in einen Sessel nieder und barg das Gesicht in den Händen. Ihr ganzer Körper zitterte, und sie stammelte schluchzend:

„Du bist mehr als grausam."

In Karl's Antlitz ward ein Zug der Theilnahme sichtbar Er betrachtete die schöne Frau mit einem Blick des Kummers und des Schmerzes, während er einen Schritt auf sie zuging und sagte:

„Mathilde, bedenke, daß du selbst an mir so gehandelt."

„Ich!" rief Mathilde, und sah zu ihm mit einem Blick auf, welcher Felsen hätte schmelzen können.

Ein leichter Schauer durchrieselte Karl bei diesem Blick, und sein Gesicht gewann wieder seinen gewöhnlichen, ironischen Ausdruck.

„Wir wollen keine Komödie spielen", sagte er. „Antworte mir blos: Willst du mir die Wahrheit sagen?"

Mathilde senkte wieder das Haupt. Ein augenblicklicher Kampf fand in ihr statt, dann antwortete sie:

„Ich verspreche, deine Frage ehrlich zu beantworten."

„Gut, kennst du den Kapitän Stuart?"

„Ich h a b e ihn gekannt", antwortete Mathilde und ward bleich.

„Kennt Ebba ihn?"

„Ja", antwortete Mathilde bebend.

„Weißt du, in welchem Verhältniß sie zu ihm gestanden hat?"

„Ja, ich weiß es; aber darüber kann ich nichts sagen", entgegnete Mathilde, indem ihre Augen Blitze schossen und sie mit innerer Wuth zu sich sagte: „Er liebt sie."

„Weißt du, ob Ebba dem Kapitän Stuart von Herzen zugethan gewesen ist?" fragte Karl weiter.

Bei dieser Frage leuchtete ein Strahl der Freude auf Mathildens Antlitz. Sie antwortete:

„Soviel ich weiß, hat Ebba niemals einen andern geliebt als ihn."

„Auch nicht einmal ihren Gatten?"

„Das weiß ich nicht."

Mathilde stand ein wenig zitternd auf, um das Zimmer zu verlassen; als sie aber ihre Augen auf den Rittmeister warf, um die Wirkung ihrer Worte zu sehen, brach er in ein spöttisches Gelächter aus und sagte:

„Du glaubst, meinem Herzen eine tödliche Wunde versetzt zu haben; aber du irrst dich, Mathilde. Mein Herz ist durchaus nicht mehr entzündlich, und Ebba meiner Ruhe ebenso wenig gefährlich als du. Ich wollte blos den Grund ihrer Bestürzung bei dem Anblick des Fremdlings wissen."

Mit diesen Worten verließ Karl das Zimmer.

Siebzehntes Kapitel.

Der Mittag kam, aber von Ebba war immer noch nichts zu sehen. Alle Dienstleute, die man fragte, gaben ein und dieselbe Antwort: sie hätten sie nicht gesehen.

Man ward unruhig und ängstlich und schickte Leute aus, um sie zu suchen.

Der Oberst und die sämmtlichen andern Herren ritten am Nachmittag nach verschiedenen Richtungen fort, kamen aber alle wieder, ohne von der Verschwundenen auch nur eine Spur entdeckt zu haben.

So nahte die Nacht heran. Des Barons alter Kutscher, welcher für Ebba das Pferd gesattelt, war mit dem Baron zu einem der Nachbarn gefahren und konnte folglich auch keine Auskunft über das geben, was er wußte.

Marie war von einem Bauernhause nach dem andern geeilt und hatte nach Ebba gefragt; aber niemand hatte sie gesehen.

Der Rittmeister hatte den ganzen Nachmittag zu Pferde gesessen; aber ebenfalls vergebens.

Nach diesem Tage der Angst ging ein jeder, um seine Unruhe im Schlafe zu vergessen zu suchen. Für Marie und den Rittmeister schien jedoch dieses Bemühen fruchtlos zu sein.

Der Lieutenant war noch nicht wieder zurück. Der Graf hatte sich nach X. begeben, um dort Nachforschungen anzustellen. Der Oberst, der ganz erschöpft war, hatte alles weitere Suchen aufgeben müssen, aber neue Leute nach verschiedenen Richtungen ausgesendet.

Alles war still, als Marie, in einen Shawl gehüllt, das große Gebäude verließ, ohne klar zu wissen, was sie eigentlich wollte, als in demselben Augenblick Karl aus dem Flügelgebäude trat.

Marie eilte auf ihn zu und rief:

„Wo und wann hast du Kapitän Stuart verlassen?“

„In X., unmittelbar vor meinem Weggange von dort.“

„Wenn er es wäre, der — der — Ebba entführt hätte!“ stammelte Marie.

„Was sagst du? Er?“ rief der Rittmeister und faßte Marie heftig bei der Hand.

„Ich habe keinen Grund zu meinem Argwohn“, antwortete sie; „aber ihr unbegreifliches Verschwinden ist von der Art, daß ich kaum weiß, was ich glauben soll.“

„Sie hat Ljungstahof freiwillig verlassen, das scheint klar zu sein. Wenn sie nun —“

„Was denn? Um Gottes willen sprich!“

„Wenn sie sich nun zu ihm begeben hätte?“ rief der Rittmeister und drückte Mariens Hand krampfhaft.

„Unmöglich!“

„Sie hat ihn ja geliebt. Worin liegt da das Unmögliche?“

„Das kann ich nicht sagen. Suche sie nur! Reite nach X., frage, drohe, zwinge den Kapitän, zu sagen, wo sie ist!“

„Beruhige dich, Marie. Es ahnt mir, daß Ebba vielleicht jetzt in Gesellschaft des Kapitäns recht herzlich über unsere Unruhe lacht. Auf alle Fälle werde ich mich jedoch sogleich auf den Weg nach X. machen.“

In X. angelangt, begegnete der Rittmeister dem Lieutenant, und erfuhr von ihm, daß der Kapitän gegen Mittag Pferde bestellt und die Stadt verlassen habe, wohin er, wie es hieß, erst in einigen Tagen zurückkehren würde. Wohin er sich begeben, wußte man nicht.

Ebba selbst war in X. nicht gesehen worden. Die schnelle Abreise des Kapitäns aus der Stadt bestärkte aber den Rittmeister in der Vermuthung, daß Ebba und der Kapitän sich irgendwo getroffen und daß ihr Verschwinden damit in Zusammenhang stünde.

Schon gegen Mittag am nächstfolgenden Tag verließ der Lieutenant die Stadt X. Der Rittmeister verließ dieselbe am Abend und nahm einen andern Weg über Lindsjönäs.

Bekümmert und von Zweifeln gequält ließ Karl das Pferd ganz nach seinem eigenen Belieben gehen. Zufällig ritt er Leo, und da dieser die Zügel locker auf dem Halse liegen fühlte, nahm er die Richtung in den Wald hinein, dessen Grüne und Kühle ihn lockten. Er knabberte im Vorbeigehen an einem und dem andern herabhängenden Zweig der frischen, laubreichen Bäume und setzte dann seinen Weg gemächlich weiter fort.

Wir verlassen Roß und Reiter bis auf weiteres.

Achtzehntes Kapitel.

Wir kehren jetzt zu Ebba zurück, die wir in dem Augenblick verließen, wo sie bei der plötzlichen Berührung einer kalten Hand das Bewußtsein verlor. Wie lange sie so ohnmächtig dagelegen, wußte sie nicht. Als sie die Augen wieder aufschlug, sah sie das Zimmer von der Morgensonne erleuchtet, deren Strahlen durch die Glaskuppel hereinfielen. Sie raffte sich auf und suchte ihre Gedanken zu sammeln, um klar zu fassen, wo sie war und wie sie hierhergekommen.

Die Ereignisse der Nacht und der Grund, welcher sie bewogen, in dieses gespenstische Haus einzudringen, standen jetzt vollständig vor ihrer Seele.

Das Crucifix lag neben ihr, und sie fand keine Spur, welche verrathen hätte, daß noch jemand außer ihr im Zimmer gewesen sei.

Nachdem sie sich vollkommen erholt, begann sie das Zimmer genau zu untersuchen. Sie überzeugte sich, daß es keinen andern Ausgang gab als den, durch welchen sie hereingekommen, und möglicherweise auch durch die andere mit einem Spiegel versehene Nische.

Dann versuchte sie mit Ruhe, und ohne sich von ihrer

Phantasie irremachen zu lassen, die Feder zu finden, mit deren Hülfe die Thür geöffnet werden konnte, aber vergebens.

Nun pochte sie an die Spiegelthür, rief und machte Lärm; aber alles um sie her verharrte in derselben Todtenstille, die durch nichts gestört ward.

Während dieser fruchtlosen Bemühungen war der halbe Tag vergangen. Hunger und Durst vermehrten nun die Qualen der armen Ebba. Mit Entsetzen bedachte sie, daß ihr das Schicksal beschieden sein könne, in dieses Marmorgrab eingeschlossen und den gräßlichen Hungertod sterben zu müssen.

Endlich als die Schatten des Abends wieder ihren Schleier über die Erde zu breiten begonnen, fand der aufgehende Mond die arme Gefangene kniend in Thränen und Gebet versenkt.

Mit Schaudern dachte sie an die Nacht, an das dämonische Gelächter, an alle jene entsetzlichen Bilder, welche ihre geschreckte Phantasie heraufbeschwor.

Dann warf sie sich auf das Bett, um zu vergessen und Ruhe zu suchen.

Schon hatte sie mehrere Stunden Schlaf genossen, als sie bei dem Schall desselben entsetzlichen Gelächters, wie in der vergangenen Nacht, erschrocken emporfuhr. Mit Verzweiflung hielt sie sich an dem Bettgestell fest und warf einen fast wahnsinnigen Blick im Zimmer umher.

Auf dem Fußboden über die blutigen Flecke ausgestreckt lag eine Menschengestalt, welche jetzt schluchzte und seufzte.

Ebba wagte nicht zu athmen, sich nicht zu rühren, aus Furcht, die Aufmerksamkeit des unheimlichen Gastes auf sich zu ziehen; plötzlich aber fiel ihr ein, daß sie durch ihn vielleicht hinauskommen könnte.

Sie erhob sich langsam; bei dieser Bewegung aber sprang die auf dem Boden liegende Gestalt auf, stieß ein wildes Gelächter aus, stürzte auf die zweite Nische zu und war verschwunden, ehe noch Ebba Zeit gehabt hatte, eine Bewegung zu machen.

Wir übergehen den nächstfolgenden Tag, wo Ebba von Hunger und Durst bis zum Wahnsinn gemartert ward.

Am Abend ging ihr Zustand in eine fieberhafte Seelenspannung über. Auf dem Bett ausgestreckt, wartete die arme Ebba die Ereignisse der Nacht ab, und es dauerte nicht lange, so vernahm sie wieder jenes schauerliche Gelächter, bei welchem ihr das Blut in den Adern erstarrte. Zitternd richtete sie sich auf, und wer malt die Steigerung ihres Schreckens, als sie den unheimlichen Nachtwandler über sie gebeugt stehen sah!

Sie fühlte sich wie gelähmt bei dem von vollkommenem Wahnsinn zeugenden Blick, den er auf sie heftete. Es war ihr, als umklammere er mit seinen langen, abgemagerten Fingern ihren Hals. Sie fühlte sich schon von dem Rasenden gemishandelt und zerfleischt.

Außer sich bei diesen Vorstellungen, stieß sie einen furchtbaren, durchdringenden Schrei aus und verlor das Bewußtsein.

Bei diesem Rufe klirrten die Glasscheiben der die Decke des Zimmers bildenden Kuppel und einen Augenblick darauf sprang ein Mann von dem Dach herunter in das Zimmer.

Die Spukgestalt war eiligst verschwunden. Der von dem Dache Hereingesprungene erkannte Ebba, die besinnungslos noch auf dem Bett lag, auf den ersten Anblick nicht; als er sich ihr aber näherte, um zu untersuchen, ob sie todt sei, und in dieser Absicht ihr den Kopf herumwendete, sodaß der Mondschein das Gesicht beleuchtete, rief er bestürzt:

„Mein Gott, das ist Ebba!“

Der Rittmeister — denn er war es — begann mit dem größten Eifer, sie zur Besinnung zurückzurufen zu suchen; aber seine Bemühungen blieben lange fruchtlos, bis endlich nach Verlauf einer Stunde ein Seufzer ihre Brust hob und sie die Augen aufschlug.

Erschrocken stierte sie den Rittmeister an und murmelte einige unzusammenhängende Worte.

„Ebba“, flüsterte Karl und faßte ihre kalten Hände, die er an seine Lippen drückte; „Ebba, kennst du mich nicht?“

„Hülfe, Hülfe, er will mich ermorden!“ rief sie und entriß ihm ihre Hände.

„Es will dich niemand ermorden. Ich bin es, Karl, und ich komme, um dir zu helfen. Sieh mich an und du wirst mich erkennen.“

„Karl!“ flüsterte Ebba mit mattem Lächeln, heftete ihren Blick auf ihn und fuhr sich mit der Hand über die Stirn. Dann richtete sie sich erschrocken empor, streckte die Arme nach ihm aus und rief:

„Rette mich, rette mich — ich — ich sterbe — gib mir Wasser — das Crucifix —“

Und dann ward sie wieder ohnmächtig.

Karl's Lage war eine im höchsten Grade peinliche. Er konnte Ebba nicht auf dem Wege hinausführen, auf welchem er selbst gekommen, sondern mußte versuchen, die Thür von außen zu öffnen. Sie aber wieder allein in diesem Zimmer zu lassen, wo er einen Mann über sie gebeugt stehen gesehen, dünkte ihm unmöglich. Den Tag abwarten, hieß sie noch mehrere Stunden lang die Qualen des Durstes ertragen lassen.

Während dieses Ueberlegens ließ sich plötzlich wieder ein unheimliches Gelächter, aber hinter dem Rittmeister vernehmen.

Er drehte das Gesicht herum und sah sich dem Hüter des gespenstischen Hauses gegenüber. Mit einem Satz warf dieser sich auf ihn, indem er ein wahnsinniges Geschrei ausstieß und die Worte rief:

„Du willst sie befreien! Du willst meinen Herrn bestehlen! Du willst ihn umbringen!“

Ein kurzer, aber hitziger Kampf entstand, wobei der Rittmeister seiner ganzen Kraft und Gewandtheit bedurfte, um den wahnsinnigen Angreifer zu bezwingen, welcher endlich, von einem heftigen Schlage betäubt, ohne Besinnung zu Boden stürzte.

Als Karl sich wieder aufrichtete, fand er den Eingang durch den Spiegel offen.

Ohne sich einen Augenblick zu bedenken, faßte er nun Ebba in seine Arme und trug sie hinaus.

Als er sie auf den weichen Grasteppich im Walde niederlegte, bemerkte er mit Erstaunen, daß sie mit der rechten Hand ein silbernes Crucifix fest umschlossen hielt.

Er eilte nach einer in der Nähe befindlichen Quelle, und holte aus derselben in seiner Mütze frisches Wasser, womit er Ebba's Schläfe badete und ihre Lippen befeuchtete, was zur Folge hatte, daß ihre Besinnung sehr bald zurückkehrte.

Karl hatte ihr Haupt an seine Brust gelehnt und hielt sie mit dem einen Arme umschlossen.

Gott allein weiß, welche Gefühle sich in dem Innern des Weiberfeindes regten; gewiß aber ist, daß er mit seinem eigenen Leben, da nöthig, das Ebba's erkauft haben würde, und daß seine Freude grenzenlos war, als sie die Augen aufschlug.

Nachdem Ebba ihren qualvollen, verzehrenden Durst gestillt, sagte Karl in weichem Ton:

„Wie befindest du dich, beste Ebba?"

„Ich bin so matt und mir ist so sonderbar im Kopfe", antwortete sie mit schwacher Stimme.

„In dem Zustand, in welchem du dich jetzt befindest, wäre es dir unmöglich, nach Hause zu reiten", sagte der Rittmeister. „Willst du nicht erst versuchen, einige Ruhe zu genießen? Ich will meinen Rock auf die Erde breiten und bei dir wachen."

Ebba's Kräfte waren so erschöpft, daß sie wie ein Kind den Rittmeister thun ließ, was er wollte. Nachdem er seinen Rock ausgezogen und als Kopfkissen zusammengerollt, legte sie ihr von Gemüthsbewegung ermüdetes Haupt darauf und flüsterte, ihm die Hand reichend:

„Dank, Dank!“

Dann fiel sie in einen unruhigen Schlummer, der aber bald in tiefen, festen Schlaf überging.

Ohne Rock, die Arme über dem unruhig pochenden Herzen gekreuzt, dasitzend, betrachtete Karl die schönen Züge der bleichen Schläferin. Sein eigenes Antlitz verrieth abwechselnd die ungleichen Gefühle, welche ihn beherrschten; denn es spiegelten sich bald Befriedigung, bald Schmerz, bald Zärtlichkeit, bald Bitterkeit darin.

Endlich nahm er sich vor, die Schlummernde, deren Anblick so unruhige Gefühle in ihm erweckte, nicht mehr anzusehen. Er wollte sich durch die Vorstellung peinigen, daß Ebba einen andern liebe, daß sie, wie alle andern Frauen, doch ohne Herz und Gefühl sei.

Als aber seine Augen sich beim Aufgange der Sonne unwillkürlich wieder den edeln, reinen Zügen zuwendeten, dachte er:

„Kann ein so edles und unschuldiges Antlitz wol die Maske eines trügerischen Herzens sein? Nein, unmöglich; aber ihr Verhältniß zu jenem Fremdling? Was beweist dies wol eigentlich? Daß sie ihn liebt? Sie ist ja frei und hat das Recht, ihn zu lieben. Wenn aber Mathilde mich schon betrog, wie —“

„Tom, Tom“, murmelte in diesem Augenblick die schlafende Ebba, „hier hast du das Crucifix; ich — ich — liebe —“

„Dich“, setzte der Rittmeister hinzu und erhob sich rasch.

Ebba zuckte zusammen und erwachte.

Karl stand mit umwölkter Stirn vor ihr.

„Karl!“ rief Ebba, welche noch nicht ihre Gedanken recht gesammelt, oder den Traum und die dunkeln Erinnerungen, welche der Aufenthalt in dem grauen Hause zurückgelassen, von sich geschüttelt hatte.

„Ja, beste Ebba, unglücklicherweise bin ich es und nicht der, von dem du träumtest“, sagte Karl in kaltem Tone.

„Aber wo bin ich und wie bin ich hierhergekommen?“

Der Rittmeister erzählte ihr, was geschehen, wie der Zufall und sein Pferd ihn an Skogsborg vorbeigeführt, wie er plötzlich einen Hülferuf in diesem Hause vernommen, was ihn bewogen, einen Baum zu erklettern und auf diese Weise auf das Dach der Glaskuppel und durch diese in das Zimmer zu gelangen.

„Und nun, Ebba, wenn du durch den Schlaf hinreichend gestärkt bist, müssen wir nach Hause zurückkehren, wo man in großer Angst um dich ist“, schloß der Rittmeister etwas kalt.

Ebba aber ergriff mit Rührung seine Hand und sagte:

„Dank, ewigen Dank, daß du mich einem grauenvollen Tod und den entsetzlichen Martern des Durstes und der Verzweiflung entrissen!“

Ebba traten, indem sie dies sagte, die Thränen in die Augen.

„Gleichwol“, entgegnete der Rittmeister, „dürfte der Tag kommen, wo ich es bereue, nicht einer wilden Idee gefolgt zu sein, welche einen Augenblick in meiner Seele entstand, als ich mich mit dir in jener Marmorgruft eingeschlossen sah.“

„Und diese war?“ fragte Ebba zitternd.

„Zu bleiben und mit dir zu sterben.“

Ebba's Wangen wurden purpurroth.

Karl ergriff ihre Hand und setzte in seinem gewöhnlichen Tone hinzu:

„Doch lassen wir alle Grillen beiseite. Ich habe blos ein Pferd und muß daher, wie ein Frauenräuber der Vorzeit, dich, sobald es geschehen kann, vor mich auf den Sattelknopf nehmen; denn ich sehe dir an deiner leidenden Miene an, daß du Speise und Trank bedarfst.“

Im nächsten Augenblick galopirte Leo mit seiner doppelten Bürde auf dem geradesten Wege nach Ljungstahof.

Nicht ein Wort ward zwischen Karl und Ebba gewechselt. Letztere hielt das geraubte Crucifix unverbrüchlich in der Hand, und der Rittmeister hatte vollauf zu thun, um sein Pferd und seine aufgeregten Gefühle zu zügeln.

Als sie an einen breiten, schäumenden Fluß kamen, welcher die Landschaft durchschnitt, sagte Karl in kurzem, leidenschaftlichem Ton:

„Ebba, ich habe Lust, uns beide mit dem Pferde in die Fluten zu stürzen, denn dann gehörst du mir wenigstens im Tode.“

Ebba wendete sich hastig nach ihm herum. Ihr ganzes Gesicht trug das Gepräge stürmischer und bitterer Gefühle. Der Blick, den er auf sie heftete, verrieth Schmerz und Liebe. Ihre Brust hob sich stürmisch, und eine Purpurröthe breitete sich über ihr schönes Antlitz.

„Würdest du mit mir sterben wollen, Ebba?“ fragte Karl in beinahe bittendem Ton.

„Nein, das Leben ist ja so schön und Gott so gut!“ antwortete Ebba.

„Ja, für dich ist das Leben schön, aber nicht für mich, der ich den Glauben daran verloren habe“, antwortete Karl und ließ das Pferd weiter galopiren.

Es trat Schweigen ein, denn Karl sowol als Ebba waren beide zu aufgeregt, als daß sie hätten von gewöhnlichen Dingen sprechen können.

Bei der Ankunft in Ljungstahof ward Ebba mit Freude, Jubel und Umarmungen empfangen. Marie weinte vor Freude.

Nachdem man wieder zur Ruhe und Besonnenheit gekommen, schickte man einen Boten nach Skogsborg, um zu hören, wie es mit dem wahnsinnigen Diener stünde, welcher der Wächter des Hauses gewesen. Derselbe ward in einem so bedenklichen Zustand gefunden, daß man sich genöthigt sah, ihn nach der Stadt ins Hospital bringen zu lassen.

Neunzehntes Kapitel.

Einige Tage später sagte der Oberst zu Ebba, welche jetzt heiter und blühend im Kreise der andern unter den Linden auf dem Hofe saß:

„Aber was zum Teufel hattest du in Skogsborg zu thun, und wie kamst du dort hinein?“

Ebba erröthete ein wenig, antwortete aber lächelnd:

„Unsere Erbsünde, die Neugier, verleitete mich, das geheimnißvolle Zimmer sehen zu wollen, welches du, lieber Onkel, uns nicht zeigen wolltest.“

„Und deshalb begabst du dich so ganz allein dahin?“

„Allerdings; der Eindruck müßte dann ein um so romantischer sein, dachte ich.“

„Aber wie kamst du hinein?“

„Ach, lieber Onkel, mit Hülfe einer Sünde“, antwortete Ebba lachend.

„Nun, laß wenigstens hören. Ich argwohne sehr, daß ich es bin, welcher Absolution darauf ertheilen muß, und ich bin fest überzeugt, daß die meine ebenso gut sein wird als die irgendeines katholischen Schwarzkittels.“

„Da du meine Sünde bereits argwohnst, lieber Onkel, so brauche ich sie nicht erst zu bekennen“, rief Ebba, indem sie lächelnd auf den Oberst zuhüpfte.

„Nein, nein, damit ist es nichts. Gestehen Sie nur, daß Sie gestohlen haben, Madame“, antwortete der Oberst und umfaßte mit beiden Händen den schlanken Leib.

Bei dem Worte „gestohlen“ ward Ebba sichtlich bleich, hob aber munter wieder an:

„Nein, ich habe blos geborgt.“

„Eine schöne Art und Weise zu borgen, wenn man mir heimlich ein paar Schlüssel aus meinem Zimmer stibitzt“, entgegnete der Baron, „dennoch aber muß ich dir wol verzeihen, da du schon Strafe gelitten hast.“

In diesem Augenblick kam der Baron hinzu und die Gesellschaft zerstreute sich. Der Rittmeister näherte sich Ebba, nachdem Mathilde in Begleitung Mariens, des Lieutenants und des Grafen die Allee hinunter promenirt war.

„Das Wort «gestohlen», dessen Papa sich bediente, schien nicht recht nach deinem Geschmack zu sein. Ich glaube, er kam der Wahrheit etwas zu nahe“, sagte der Rittmeister, dessen Gesicht jetzt wieder seinen gewöhnlichen, ironischen Ausdruck angenommen hatte.

„Und darin irrst du dich auch nicht“, antwortete Ebba mit einem offenen Blick auf ihren Cousin.

„Ich irre mich überhaupt selten.“

„O, im Gegentheil, du irrst dich sehr oft, denn die Furcht, betrogen zu werden, macht, daß du dich selbst betrügst“, entgegnete Ebba, indem sie Karl sanft und herzlich ansah.

„Diese Schlußfolgerung war mir eine allzu complicirte, und es gehört ein schärferes Denkvermögen als das meinige dazu, um sie richtig aufzufassen.“

„Dennoch ist sie sehr einfach und bedarf keiner Erklärung.“

„Entschuldige meine unzulängliche Fähigkeit; ich bin aber einmal kein Freund von Worten, sondern urtheile blos nach Thaten. Beweise mir durch solche, daß ich unrecht habe, wenn ich deinem Geschlecht mistraue, und ich werde dir recht geben."

„Auch die That würdest du bezweifeln", entgegnete Ebba mit wehmüthigem Lächeln.

„Wol möglich; doch gib mir einen Beweis der Wahrheit, und ich werde dir glauben."

„Was für einen Beweis forderst du?"

„Blos eine aufrichtige Antwort auf eine einfache Frage."

„Diese verspreche ich."

„Was war der Zweck deines nächtlichen Besuchs auf Skogsborg?" fragte der Rittmeister, indem er sich bückte und Ebba forschend in die Augen sah.

„Karl", entgegnete sie, indem sie seinen Blick mit sanftem, aber ernstem Ausdruck erwiderte, „ich könnte dir dieselbe Antwort geben wie dem Onkel, aber ich habe dir Aufrichtigkeit versprochen, und deshalb sage ich: Ich hatte einen Auftrag zu vollziehen. Etwas weiteres kann ich nicht sagen, denn es bindet mich ein Gelübde."

„Siehst du, Ebba, hinter allem, was ihr Frauen thut, steckt allemal etwas, was ihr zu verheimlichen sucht", entgegnete Karl und entfernte sich dann.

Was unsere junge Witwe hierbei dachte, wissen wir nicht, aber ihre Augen folgten dem sich Entfernenden mit einem eigenthümlichen, bekümmerten Ausdruck. Dann schüttelte sie den Kopf mit einer Bewegung, als ob sie alle peinlichen Gedanken verscheuchen wollte, und ging hinunter nach der Wohnung des Inspectors.

„Darf ich Sie wol bitten, mir einige Worte unter vier Augen zu gönnen?" bat der Graf in unruhigem Tone, während er an Mathildens Seite einherschritt.

„Aber, Herr Graf, Marie und der Lieutenant folgen uns ja“, antwortete Mathilde, ohne den Bittenden anzusehen.

„Und gleichwol muß ich jetzt mit Ihnen sprechen, selbst wenn ich mich gezwungen sähe, Fräulein Marie und den Lieutenant zu bitten, sich zu entfernen“, hob der Graf in bestimmtem Ton wieder an.

Marie sah ihn an. Es war ein Blick, welcher ein reißendes Thier hätte zähmen können. In dem verführerischsten, sanftesten Tone sagte sie:

„Eine solche Handlungsweise würde mich bloßstellen, und ich weiß im voraus, daß Graf Thorenhjelm viel zu ritterlich gesinnt ist, um dies thun zu wollen.“

„Erhören Sie dann meine Bitte und seien Sie wieder der Engel von Güte, der Sie so oft gewesen sind“, entgegnete der Graf, indem er Mathilden bittend ansah.

„In einer Stunde finden Sie mich in dem Pavillon“, entgegnete Mathilde und wendete sich nun zu dem Lieutenant, den sie seit einigen Tagen oder vielmehr seitdem er sich erdreistet, zu behaupten, nicht ihr Sklave werden zu wollen, mit ganz besonderer Aufmerksamkeit beehrt hatte.

Unser Lieutenant, der trotz seines heitern Temperaments doch zu viel von Adams Blut in seinen Adern hatte, fühlte sich erst geschmeichelt und dann in den Zauberkreis des schönen Weibes hineingezogen, ohne deshalb Ljungstahof verlassen zu wollen, um der ihm drohenden Gefahr zu entrinnen.

Mathilde, die stets von jener Begier nach Huldigungen, welche eiteln und herzlosen Frauen eigen ist, getrieben ward, hatte sich durch die Worte des jungen Mannes gereizt gefühlt und ihn zu einem Zeitvertreib ausersehen, unbekümmert um alles andere, als das Vergnügen, welches sie empfand, durch ihre Schönheit zu siegen und dann mit eiskaltem Lächeln und tödlicher Kälte den Bethörten wieder auf den Platz zurückweisen zu können, auf welchem er vorher gestanden.

Dieses grausame Spiel mit den Gefühlen anderer, während ihre eigenen kalt blieben, hatte Mathildens ganzes Leben beschäftigt und ihr viele Leiden bereitet, ohne daß sie in ihrem gefühllosen Egoismus die Qualen, die sie hervorgerufen, berechnet, oder ihren Opfern, wenn sie ihrer Eitelkeit nicht mehr schmeichelten, auch nur einen Gedanken gewidmet hätte.

Eine Stunde später trat Mathilde mit einem Buch in der Hand in den Pavillon. Sie öffnete Thüren und Fenster und setzte sich so, daß sie von allen Vorbeigehenden gesehen werden konnte. Einige Minuten später fand der Graf sich ein.

„Nun, Herr Graf, was ist es denn, was Sie mir sagen wollten?“ fragte sie. „Ich habe, auf die Gefahr hin, etwas Unschickliches zu thun, Ihren Wunsch erfüllt.“

„Und ich danke Ihnen von ganzem Herzen dafür, gnädige Frau“, entgegnete der Graf. Sein ganzes Aeußere verrieth peinliche Unruhe, und da wir schon, ehe er den Mund öffnet, schließen können, was er sagen will, so überspringen wir die warme und herzliche Erklärung, durch welche er sein Herz, seine Hand, seinen Namen und sein ganzes Leben zu Mathildens Füßen niederlegte.

Mit gedankenvollen, träumerischen Blicken hörte Mathilde ihn an, während ihr kaltes, berechnendes Herz seinen Rang und sein Vermögen erwog.

Es war jetzt nicht blos ein Anbeter, sondern ein Freier, den sie vor sich hatte. Es handelte sich nicht mehr um einen Zeitvertreib, um eine Huldigung ihrer Eitelkeit, sondern es ward ihr eine glänzendere Stellung geboten, als welche sie jetzt innehatte. Ihre Klugheit sagte ihr, daß sie mit ihrem eigenen Vortheil nicht spielen dürfe, wenn sie dies auch mit dem anderer zu thun pflegte. Ihre Antwort war daher eine von denen, welche Ja bedeuten und durch schöne Worte den Mangel an Liebe ersetzen.

Der verliebte und bethörte Graf hörte blos die Worte

und vermißte daher nicht den erwärmenden Geist in denselben.

Entweder aus Furcht vor Karl oder infolge einer jener Launen, welchen Frauen von Mathildens Gemüthsart stets unterworfen sind und die ihnen oft ihr ganzes Lebensglück kosten, wollte sie, daß keine Verlobung stattfinden, und daß niemand eher etwas von ihrer beabsichtigten Vermählung erfahren sollte, als bis sie im Herbst Ljungstahof verlassen hätte.

Der verliebte Graf fügte sich, obschon ungern, in den Willen seiner Herrscherin, während er sich dem Glück, geliebt zu werden, und der Hoffnung hingab, dieses bezaubernde Weib bald seine Gattin nennen zu dürfen.

Als Mathilde aufstand, sagte sie mit holdem Lächeln:

„Vergessen Sie nicht, Henning, daß unser Bund ein Geheimniß ist, bis zu dem Tage, wo ich Ihnen erlaube, meinen Vater davon zu unterrichten.“

Mit diesen Worten reichte sie dem glücklichen Liebhaber ihre Hand, die er entzückt an seine Lippen drückte.

Zwanzigstes Kapitel.

Eine Woche später, als die Gesellschaft eines Tags in dem untern Salon versammelt war, weil der Regen sie zwang, im Hause zu bleiben, fuhr ein leichter Reisewagen vor und Kapitän Stuart ließ sich anmelden.

Ebba, die eben mit dem Lieutenant und dem Rittmeister plauderte, zuckte bei diesem Namen unwillkürlich zusammen, und ihr Gesicht ward von einer dunkeln Röthe übergossen.

Mathilde verlor ihre Sticknadel und bückte sich, um sie aufzuheben.

Marie warf in demselben Augenblick, wo der Kapitän eintrat, einen ängstlichen, forschenden Blick auf Ebba.

Der erste Blick des Eintretenden fiel mit fast fragendem Ausdruck auf Ebba, und dann mit einer ganzen Donnerwolke von Haß in seinem dunkeln Spiegel auf Mathilde.

Den Oberst, die Oberstin und den Baron begrüßte er mit Ungezwungenheit und Anmuth.

Während er von den erstern herzlich bewillkommnet ward, und der Lieutenant Mathilden ihre umhergestreuten Perlen zusammensuchen half, wendete Karl sich zu Ebba, indem er sagte:

„Darf ich deine Wahrheitsliebe einmal auf die Probe stellen?“

„Sehr gern.“

„Besinne dich aber, ehe du einwilligst. Die Wahrheit ist wegen ihrer großen Vielseitigkeit sehr schwer zu beobachten.“

„Ich im Gegentheil finde sie sehr einfach und deshalb leicht zu befolgen. Doch heraus mit der Probe, du ewiger Plagegeist“, setzte Ebba lächelnd hinzu.

„Sei auf deiner Hut; du könntest es bereuen.“

„Um so besser; die Reue ist mir nützlich.“

„Warum errötheteſt du bei Kapitän Stuart's Namen, und warum' wirkt seine Nähe so aufregend auf dich?“ fragte Karl. „Kennst du ihn?“

Ueber Ebba's Antlitz legte sich ein bleicher Schneeduft, und mit gewaltsamer Anstrengung, ihre ungezwungene Art und Weise beizubehalten, antwortete sie:

„Ich fürchte, daß ich mein Versprechen beinahe bereue.“

„Das wußte ich“, entgegnete der Rittmeister, indem er sich mit verächtlichem Lächeln in seinen Schaukelstuhl zurückwarf.

„Warte einen Augenblick. Ich sagte beinahe, und deshalb will ich deine Fragen beantworten, die letzte aber zuerst.“

„Nämlich mit der Erklärung, daß du ihn nicht kennst. Das wäre eine richtige Weiberwahrheit.“

„Erlaube, daß ich selbst antworte.“

„O, sehr gern; ich freue mich, diese complicirte Antwort zu hören. Also —“

„Ich kenne Kapitän Stuart.“

„Wirklich! Und weiter —“

„Nichts, lieber Cousin“, entgegnete Ebba, indem sie ihn mit ernstem Blick ansah.

„Ebba, ich bitte dich, beantworte auch meine erste Frage", sagte der Rittmeister, während eine dunkle Röthe auf seiner Stirn brannte.

„Nein, Karl, — jetzt nicht", sagte Ebba, indem sie sich von ihrem Stuhl erhob.

Der Rittmeister hielt sie zurück.

„Wenn ich dich während jener Nacht in Skogsborg gebeten hätte, diese Fragen zu beantworten, würdest du dich da auch geweigert haben?" rief Karl, und seine Augen redeten eine Sprache, bei welcher Ebba's Herz unruhiger zu klopfen anfing.

„Dann würde ich dir geantwortet haben: Dieser Mann erinnert mich an das bitterste Leiden, welches ich im Leben erfahren, und deshalb verursacht seine Nähe mir ein Gefühl von Schmerz", entgegnete Ebba.

„Du hast ihn also geliebt?" fragte Karl, und ein Blitz zuckte aus seinem Auge.

„Keine Frage mehr, denn die Vergangenheit gehört mir allein."

„Du liebst ihn vielleicht noch?"

„Aber mein Gott, ist Karl denn dein Beichtvater geworden, liebe Ebba?" ließ Mathildens Stimme sich auf einmal in spöttischem Tone hinter den Sprechenden vernehmen. Sie hatte sich unbemerkt genähert und Karl's letzte Frage gehört.

Ebba erröthete und heftete einen eigenthümlichen Blick auf Mathilde, während sie etwas bitter antwortete:

„Nur der, dessen Bewußtsein nicht rein ist, bedarf der Beichte; mein Gewissen aber weiß von nichts, was mich anklagen könnte."

Mathilde wechselte die Farbe, und Ebba ging, um neben Marie Platz zu nehmen.

„Das klang, als ob Ebba etwas von deinem Sündenregister wüßte, Mathilde", sagte Karl.

„Wenn ich auch zugeben wollte, daß ich ein solches hätte, so müßte ich doch bezweifeln, daß Ebba etwas davon wüßte", entgegnete Mathilde und wollte sich entfernen.

Karl faßte jedoch ihre Hand und sagte lächelnd:

„Verweile einen Augenblick, Mathilde. Du bist so schön, daß es ein Vergnügen ist, dich zu betrachten. Setze dich auf Ebba's Platz, denn ich sehe, daß Stuart hierhersteuert, um dir seine Aufwartung zu machen. Vergönne mir das Vergnügen, Zeuge euerer Unterredung zu sein."

„Du willst vielleicht meine Gedanken erforschen?"

„O nein, mit Unmöglichkeiten befasse ich mich niemals."

Mathilde setzte sich.

„Erinnerst du dich, daß ich dir einmal eine Ueberraschung versprach?" fragte Mathilde.

„Ja wohl. Dieselbe sollte mir an meinem Geburtstag zutheil werden."

„Aber es macht wol nichts aus, wenn ich sie dir, anstatt erst dann, schon jetzt bereite?"

„Es ist stets ein Vortheil, wenn man auf ein Uebel nicht noch zu warten braucht."

In diesem Augenblick näherte sich der Kapitän und wechselte mit Mathilde und dem Rittmeister einige Höflichkeitsphrasen.

„Herr Kapitän, Sie müssen einen Zwist schlichten, den ich soeben mit meinem Cousin hatte", hob Mathilde in ihrer leichten, anmuthigen Weise an.

„Und was betraf derselbe?" fragte der Kapitän indem er Platz nahm.

„Die Ehescheidung."

Die Augen des Kapitäns funkelten bei diesem Wort und jeder Muskel seines Gesichts erbebte.

Der Rittmeister dachte:

„Was mag sie im Sinne haben?"

„Ich behaupte, daß unglückliche Verhältnisse eine solche nothwendig machen können, und daß deswegen keins der beiden Betheiligten ein schlechter Mensch zu sein braucht", fuhr Marie fort. „Hab' ich nicht recht?"

„Vollkommen. Uebrigens, Frau Baronin, verstehen Sie sich auf dieses Thema besser als ich“, entgegnete Stuart, indem er Mathilde mit einem furchtbaren Ausdruck ansah.

„Ja, leider weiß ich es wenigstens beinahe ebenso gut wie Sie; aber was meinen Sie, mein Cousin ist so unartig gewesen, mir rund und rein herauszusagen, er werde niemals eine geschiedene Frau heirathen.“

„Welchen giftigen Biß beabsichtigt diese Schlange zu versetzen, daß sie sich auf dieses für sie selbst so schlüpfrige Gebiet wagt?“ dachte der Rittmeister und folgte Stuart's wechselndem Gesichtsausdruck mit gespannter Aufmerksamkeit.

„Gnädige Frau, ich bin wirklich derselben Meinung wie Ihr Herr Cousin“, entgegnete der Kapitän, „denn eine geschiedene Frau gleicht einem Wrack auf dem Meere, welches daran erinnert, daß andere hier Schiffbruch gelitten haben.“

„Hu! Wie Sie doch die armen geschiedenen Frauen behandeln!“ rief Mathilde. „Sie möchten sie also, wie mein Cousin, zu fortwährendem Witwenstand verurtheilen.“

„Ja, um fernere Unglücksfälle zu verhüten“, bemerkte der Kapitän.

Mathildens Lippen umspielte ein boshaftes Lächeln, und sie heftete ihre Augen auf den Rittmeister, während sie lachend sagte:

„Bedenken Sie, Kapitän Stuart, daß Sie auf diese Weise auch meine Cousine Ebba verurtheilen, ewig Witwe zu bleiben; denn diese ist, wie Sie am besten wissen, auch von ihrem Mann geschieden.“

Mathilde hatte dem Rittmeister eine Ueberraschung versprochen, und sie hielt Wort, denn bei diesen ihren Worten sprang Karl auf.

„Was sagst du, Mathilde? Wie kannst du so scherzen?“ rief er heftig.

„Ich scherze durchaus nicht, denn Ebba ist wirklich von ihrem Mann geschieden. Frage nur den Kapitän Stuart.

Er wird nicht leugnen können, daß dem so ist, obschon man alles Mögliche gethan hat, um die Sache geheim zu halten."

Mit diesen Worten stand Mathilde auf und entfernte sich.

Karl's Gesicht ward von krampfhaftem Schmerz verzerrt.

Kapitän Stuart sagte in dumpfem Tone:

„Herr Rittmeister, die Baronin hat ein Geheimniß verrathen, und ich bitte Sie, es nicht in derselben unbedachtsamen Weise weiter zu erzählen. Frau Brandis würde dadurch auf ganz unverdiente Weise in ein zweideutiges Licht gestellt werden."

„Frau Brandis ist die Nichte meiner Mutter, und ihre Ehre dürfte mich daher etwas näher angehen als Sie, mein Herr", antwortete der Rittmeister in etwas stolzem Tone.

In diesem Augenblick lud der Oberst den Kapitän zu einer Partie Whist ein, und Karl verließ den Salon.

Mathilde war es gelungen, ihm eine schmerzliche Ueberraschung zu bereiten, welche alle seine Gefühle in Aufruhr setzte.

Einundzwanzigstes Kapitel.

Am nächstfolgenden Morgen ganz zeitig wanderte Ebba nach dem Park hinunter und hielt in ihrer Hand, etwas, was in ein Tuch gewickelt war. Sie war noch nicht weit gekommen, als sie den Kapitän Stuart erblickte, der mit aufgeregter Miene auf sie zukam.

„Ebba, Sie sind jetzt, wie stets, ein Engel von Güte", sagte er auf englisch und ergriff ihre Hand, welche er mit Bewegung an seine Lippen führte.

Ebba war ungewöhnlich bleich, und auf dem sonst so lebensfrischen Gesicht lag jetzt eine Wolke. Sie setzte sich auf eine Moosbank und drückte die Hand auf die unruhig keuchende Brust, während sie mit etwas unsicherer Stimme ebenfalls auf englisch sagte:

„Dein Glück, die Ehre deiner verstorbenen Mutter erforderte meinen Beistand, und deshalb konntest du sicher sein, daß die Vergangenheit für mich sein würde, als ob sie niemals gewesen wäre. Ich habe gethan, was ich vermocht. Hier ist das verlangte Crucifix."

Ebba brachte nun das von Skogsborg mit fortgenommene Kleinod zum Vorschein und überreichte es Stuart.

„Und nun, Tom", fuhr sie fort, „nachdem ich deinen Wunsch erfüllt, scheiden wir hier, um vor andern und auch vor uns selbst ein paar einander unbekannte Personen zu sein."

„O, sprich nicht so!" rief Stuart, indem er an Ebba's Seite Platz nahm und ihre kleine Hand in die seinen schloß. „Glaubst du wol, Ebba, daß Zeit und Entfernung dein Bild aus meiner Seele zu tilgen vermocht haben? — Glaubst du nicht, daß mein Gewissen mich unaufhörlich als den Urheber deines Kummers anklagt? Oder solltest du wirklich glauben, daß die unglückliche Leidenschaft, welche mich des Verstandes beraubte und dir soviel Schmerz bereitete, nicht die bitterste Reue und die furchtbarsten Qualen zurückgelassen habe? Sprich, Ebba, o, ich beschwöre dich! Sage, daß du fühlst, daß ich dich lieben muß, daß ich für dich Leben und Blut opfern würde, daß ich nicht —"

„Wiedervereinigen kann, was einmal geschieden ist", unterbrach ihn Ebba. „Ja, das fühle ich, Tom. Zwischen dir und mir liegen Qualen und Leiden, die viel zu bitter gewesen sind, als daß sie noch einmal ausgekämpft werden könnten. Was kannst du, der meine Leiden verschuldet, mehr begehren als meine Theilnahme?"

„Wenn du mich jemals geliebt hast, so schenke mir deine Liebe wieder", bat Stuart und führte Ebba's Hand an seine zitternden Lippen.

„Verlange nicht das Unmögliche. Deine Worte sind gewissermaßen eine Beleidigung für mich", entgegnete Ebba und entzog ihm ihre Hand.

„Ach, du hast mich niemals geliebt", seufzte er.

„Ich hätte dich niemals geliebt!" rief Ebba und erhob sich. Ihre Wangen brannten, und ihre Augen gewannen einen seltsamen Glanz, indem sie Stuart heftig beim Arme faßte und mit klangvoller Stimme sagte: „Ich hätte dich niemals geliebt! Bedenke, welche wahnsinnige Beweise von wahrer Anhänglichkeit du von mir empfangen hast, und sage dann, ob jemand auf Erden dich wärmer geliebt hat?"

„O still! Still! Ich weiß es; aber nun?“

„Nun ist alles vorbei, vollkommen aus. Deine Freundin, Tom, werde ich stets bleiben, aber sprich mit mir keine andere Sprache als die der Freundschaft. Nun geh, geh, wenn du noch einen Schatten von Achtung vor mir hast.“

„Ein Wort, ein einziges Wort, Ebba!“

„Jetzt nicht. Geh, ich bitte dich, wenn du nicht willst, daß ich bereue, was ich für dich gethan.“

„Ich gehorche“, stammelte Stuart und entfernte sich.

Ebba sank, das Gesicht in den Händen bergend, auf die Moosbank nieder.

Ein tiefer Seufzer, der sich ganz in der Nähe vernehmen ließ, bewog sie, den Kopf emporzurichten.

An einen Baum gelehnt, stand der Rittmeister. Er war sehr bleich, aber auf der kalten Stirn lag unbewegliche Strenge, während er in spöttischem Tone sagte:

„Also um seinet willen warst du in Skogsborg? Um dieses Mannes willen, den du einmal so innig geliebt, daß du deine ehelichen Pflichten mit Füßen tratest und die beschworene Treue brachst? Gestehe, Ebba, daß dein Leben ein sprechender Beweis von dem hohen Werthe der Tugenden der Frauen ist.“

„Ich weiß nicht, mit welchem Recht du in meine Vergangenheit einzudringen suchst“, antwortete Ebba mit Würde. „Nur Gott allein bin ich Rechenschaft für meine Handlungen schuldig.“

„In diesem Augenblick, Ebba, bereue ich, daß ich nicht dich und mich in den Strom gestürzt. Dann wäre ich der schmerzlichen Ueberzeugung entronnen, daß auch dein Leben eine fortgesetzte Kette von Lug und Trug ist.“

Mit diesen Worten ließ er ihre Hand los und eilte davon.

„Verkannt — von Karl!“ seufzte Ebba und drückte beide Hände auf ihr hochklopfendes Herz.

Zweiundzwanzigstes Kapitel.

Der Tag verging in Ljungstahof ganz auf die gewöhnliche Weise. Ebba schien wieder heiter und unbefangen zu sein, der Rittmeister war sich gleich, und stets, wenn es sich um die Damen handelte, mit einer bittern, ironischen Bemerkung bei der Hand. Wie infolge eines stillen Uebereinkommens vermieden er und Ebba jedoch, auch nur ein Wort zu wechseln, und er beschäftigte sich vielmehr ununterbrochen mit Marie.

Stuart war dagegen beständig an Mathildens Seite.

Mathildens Vater, der sonst nicht sehr gesellig war, verweilte beinahe den ganzen Tag unter den übrigen.

Gegen Mittag schlug der Baron vor, daß die Gesellschaft einen Spazierritt nach Mathildens Besitzung Rosenberg machen sollte, um die dort bewirkten und noch im Werke befindlichen Reparaturen in Augenschein zu nehmen.

Der Vorschlag ward mit allgemeinem Beifall angenommen. Die Oberstin, der Baron und der kleine Edvard fuhren, die übrigen ritten.

Als die Damen zu Pferde steigen wollten, eilten der Graf und Kapitän Stuart auf Mathilde zu, um ihr behülflich zu sein. Diese dagegen warf einen erstaunten

Blick auf den Lieutenant, der mit lächelndem Munde Ebba seine Hand bot, und nicht die mindeste Miene machte, sich Mathilden zur Verfügung zu stellen.

Dies verdroß die schöne Kokette, welche sich schon vorgenommen, dem Lieutenant das Glück, sie in den Sattel zu heben, nicht zutheil werden zu lassen.

Der Graf, der verliebte Sklave, mußte nun natürlich die Niederlage der Eitelkeit entgelten, welche sich in innere Raserei verwandelte, als Mathilde sah, wie der Rittmeister der armen und nicht schönen Marie mit ausgesuchter Artigkeit seine Hülfe anbot. Mathilde wollte wenigstens das grausame Vergnügen haben, jemand um ihretwillen leiden zu sehen, und deshalb reichte sie lächelnd ihre kleine Hand dem Kapitän, welcher, während er ihr aufs Pferd half, in englischer Sprache sagte:

„Mathilde, ich muß Sie sprechen. Ich will es, und Sie wissen, daß es nicht gerathen ist, mit mir zu spielen. Sie haben dies schon einmal gewagt, aber nehmen Sie sich jetzt in Acht.“

Der Blick, welcher diese Worte begleitete, war ein drohender.

„Ich werde versuchen, Ihnen unterwegs Gelegenheit dazu zu geben“, antwortete Mathilde und schwang sich in den Sattel.

Der Graf warf einen finstern, misvergnügten Blick auf den Kapitän und dann einen zweiten auf Mathilde, worauf er sein Pferd aus der Hand des Dieners nahm, welcher es hielt.

Mathilde ahnte nicht, welches hohe Spiel sie mit dem guten und ritterlichen Thorenhjelm wagte. Sie kannte nicht diesen gleichzeitig weichen und festen Charakter, der von ihr die ganze zartfühlende Handlungsweise verlangte, welche das Versprechen, seine Gattin zu werden, ihr zur Pflicht machte.

Der Lieutenant scherzte mit Ebba, und der Rittmeister flüsterte Marie in beinahe bittendem Tone zu:

„Laß mich dein Cavalier sein. Wir können auf dem schmalen Waldwege doch nicht mehr als zwei und zwei nebeneinander reiten.“

Marie sah ihren Cousin mit einiger Ueberraschung an und antwortete lächelnd:

„Du bist der einzige, der sich mir dazu anbietet, und deshalb bin ich wol gezwungen, dich anzunehmen.“

„Also geschieht es aus Mangel an einem bessern, und nicht um meine Bitte zu erfüllen.“

„Du hast es errathen“, entgegnete Marie, indem sie seine Hülfe annahm und sich auf den Rücken ihres Pferdes schwang.

„Wir eröffnen den Zug“, meinte der Rittmeister und gab seinem Pferde die Sporen.

Marie und er sprengten die Allee hinab. Nachdem sie eine Weile geritten waren, fragte Karl ganz plötzlich:

„Wann und wo ward denn Ebba von ihrem Mann geschieden?“

Marie zuckte bei dieser unerwarteten Frage zusammen und warf einen scheuen Blick erst auf die hinter ihr reitende Ebba und dann auf Karl.

„Um Gottes willen, sage mir, wie hast du dieses Geheimniß entdeckt?“ fragte Marie mit ängstlicher Miene.

„Marie, ich habe eine Frage an dich gethan“, entgegnete Karl. „Habe die Güte, dieselbe erst zu beantworten, dann werde ich dir denselben Dienst erzeigen.“

„Aber ich thue es nicht eher, als bis du mir geantwortet hast“, antwortete Marie bestimmt.

„Um die Wahrheit umgehen zu können, nicht wahr?“

„Du weißt ja, daß deine Pfeile mich nicht treffen. Verschwende daher deine Satire nicht an eine Person, welche unempfindlich dafür ist.“

Karl schwieg einige Augenblicke, dann hob er wieder an:

„Wohlan, Mathilde hat mir gesagt, Ebba sei von

ihrem Mann geschieden und nicht Witwe, wie sie sich ausgegeben.

„Mathilde hat das gesagt?“ rief Marie, indem sie Karl unverwandt ansah. „Sie hätte gewagt, dies zu sagen? Nein, nein, du scherzest; es ist nicht möglich, daß sie so —“

„Aufrichtig gewesen ist, meinst du“, unterbrach sie der Rittmeister. „Ja, bei meiner Ehre, und sie hat mir dies sogar in Gegenwart von Ebba's ehemaligem Liebhaber gesagt.“

„Ebba's Liebhaber! Was du doch schwatzest!“

„Spiele nur nicht die Unwissende, liebe Marie. Wie schön und edelmüthig du auch deine Rolle als Heilige durchzuführen versuchst, so richtest du doch dadurch bei mir nichts aus.“

„Es ist hier nicht die Rede davon, wie ich meine Rolle spielen werde, sondern es handelt sich um Ebba. Wer sollte denn ihr Liebhaber gewesen sein?“

„Kapitän Stuart. Du weißt dies ebenso gut als ich.“

Mariens Augen wurden noch einmal so groß, und sie sah Karl mit einer Miene an, als ob sie an seinem Verstande zweifelte.

„Nun, Marie, hab' ich dir mehr als ein Dutzend Fragen beantwortet, und du hast mir auf die meinige noch keine einzige Antwort gegeben.“

„Warum wendest du dich nicht an Ebba selbst?“

„Weil diese mir nicht die Wahrheit sagen würde.“

„Im Gegentheil, Ebba würde dir mit Wahrheit antworten; ich dagegen habe nicht das Recht, dies zu thun. Uebrigens sollte ich meinen, dein Zartgefühl müsse dir gebieten, dergleichen delicate Themata nicht zu berühren, besonders da Ebba, ebenso wie wir andern, für dich doch nichts weiter ist als eine lebendige Lüge — wie du dich über uns Frauen auszudrücken pflegst — und folglich dir vollkommen gleichgültig sein muß.“

Marie faßte, während sie sprach, den Rittmeister scharf ins Auge.

„Du vergissest, daß Ebba und ich eine Wette oder einen Kampf über die Tugenden der Frauen eingegangen sind. Du wirst dann finden, daß selbst ihre Fehler in meiner Hand eine vortreffliche Waffe gegen sie werden.“

„Wenn du durch Ebba's vermeinte Schwächen zu siegen gedenkst, so erreichst du das Ziel wahrscheinlich niemals; denn ich glaube nicht, daß du in ihrem ganzen verflossenen Leben auch nur eine einzige an ihr ausfindig zu machen im Stande bist. Doch laß uns nun von etwas anderm sprechen; denn ich werde, wenn du mit deinen Fragen fortfährst, nicht weiter antworten“, sagte Marie, indem sie ihre Blicke auf den Wasserfall heftete.

Der Rittmeister schwieg.

Dreiundzwanzigstes Kapitel.

Mathilde und Stuart befanden sich nur wenige Schritte von dem Rittmeister und Marie entfernt.

„Sie haben ein hohes Spiel gewagt, Mathilde, daß Sie in meiner Gegenwart Ebba angriffen und ein Geheimniß verriethen, welches Sie in Ihrem eigenen Interesse hätten unberührt lassen sollen. Oder glauben Sie, auf mein Gemüth noch denselben Einfluß ausüben zu können wie früher?" sagte Stuart auf englisch.

„Ich glaube nichts, ich fürchte nichts, und habe nur eine Wahrheit ausgesprochen", antwortete Mathilde stolz. „Und wenn ich Ihren Wunsch, mir einige Worte unter vier Augen sagen zu dürfen, erfüllt habe, so ist dies durchaus nicht aus Furcht vor Ihnen geschehen, sondern aus Neugier zu hören, was Sie mir wol zu sagen haben könnten.

„Sie sprechen nicht die Wahrheit, Mathilde. Sie fürchten mich wie Ihr böses Gewissen. Aber hören Sie jetzt, was ich von Ihnen fordere."

„Sie fordern, mein Herr?" entgegnete Mathilde. „Die Sache fängt an lächerlich zu werden."

Die Augen des Kapitäns funkelten, während er wieder anhob:

„Nehmen Sie sich in Acht, Mathilde! Ich könnte Sie weich machen wie Wachs.“

„Versuchen Sie es. Drohungen sind ohnmächtige Waffen, welche nur schwache Seelen schrecken; ich aber zittere nicht vor leeren Worten.“

„Wirklich nicht? Nun, behalten Sie denn Ihre Ueberzeugung; ich verspreche Ihnen aber, daß Sie dieselbe bald genug ändern werden. Ich wünsche jetzt blos, daß Sie sich verbindlich machen, Ebba niemals mit einem Wort zu schaden zu suchen, oder die Vergangenheit zu berühren. Vor ihrem Cousin, dem Rittmeister, müssen Sie Ebba so darstellen, wie Sie wissen, daß sie ist — rein und makellos in ihrem ganzen Leben und in allen ihren Handlungen; denn Sie haben einen unverdienten Schatten auf sie geworfen. Versprechen Sie mir dies nicht, so werde ich dann —“

„Zu erzählen wissen, was für ein großer Narr Sie selbst gewesen sind; denn kein vernünftiger Mensch wird mir weder Ihre Thorheiten, noch Ihre niedrige Handlungsweise zur Last legen.“

„Sie wollen mir also das verlangte Versprechen nicht geben?“

„Nein, mein Herr, durchaus nicht.“

„Gut, dann messen Sie sich das, was geschehen wird, selbst bei.“

„Mein Herr, lassen Sie uns die Sache näher ins Auge fassen und überschauen, was Sie von mir sagen können. Daß ich von meinem Gatten geschieden bin, dies weiß die ganze Welt. Ferner können Sie sagen, daß es um Ihretwillen geschehen ist. Aber, mein Gott, dies wird niemand glauben, weil alle wissen, daß die Geisteskrankheit meines Mannes die Ursache davon war. Etwas weiteres können Sie nicht sagen. Sie besitzen nichts, was bewiese, daß ich Sie geliebt habe, und Sie wissen auch recht wohl, daß ich dies nie gethan. Sie können sich keiner Gunst von meiner Seite rühmen. Mit einem Wort, Sie haben nichts, womit Sie Ihre Worte unterstützen oder meinem Ruf einen Flecken zufügen könnten.“

„Ach, in wie glücklichen Illusionen Sie doch leben! Aber sagen Sie, welches Interesse haben Sie daran, Ebba zu schaden, da sie durch Ihre Schuld schon so viel gelitten?“

„Die Gründe, die ich dazu habe, bin ich nicht gemeint, Ihnen mitzutheilen. Ebba ist mir im Wege, und ich suche sie blos zu beseitigen.“

Nachdem Mathilde dies gesagt, drehte sie sich auf dem Pferd herum und rief den Grafen; dieser aber entschuldigte sich und kam nicht herangeritten.

„Sie erklären sich also zu Ebba's Feindin?“ fragte Stuart, indem er die schöne Frau mit drohendem Blick betrachtete.

„Ich erkläre mich zu gar nichts, sondern gedenke nach meinen Eindrücken zu handeln“, entgegnete Mathilde, indem sie ihr Pferd in Galop setzte.

Obschon sie aber während des noch übrigen Theils des Wegs so manövrirte, daß sie von Stuart hinwegzukommen suchte, so hielt sich dieser doch treulich an ihrer Seite.

„Schöne Mathilde“, sagte er mit giftigem Lächeln, „Sie haben mich an sich gekettet und suchen mir vergeblich zu entrinnen. Ich sehe wohl, daß Ihre Bewunderer vor Wuth außer sich sind; aber was soll ich thun? Einen Feind und eine Geliebte bewacht man stets treulich.“

„Mein Herr, es wäre möglich, daß ich die Geduld verlöre, und dann würde ich laut ausrufen, daß Sie einen falschen Namen tragen.“

„Schöne Frau, ich glaube, daß auch Sie Ihrerseits sich der ohnmächtigen Waffe der Drohung bedienen. Geben Sie Acht auf Ihr Gesicht, denn der Rittmeister beobachtet uns.“

Mathildens Antlitz erglühte bei diesen letzten Worten, und sie biß sich mit verhaltenem Zorn auf die Lippe.

Stuart lachte und begann mit großer Lebhaftigkeit von der Schönheit der Umgegend zu sprechen.

Endlich langte man in Rosersberg an. Der Baron hatte in dem neuen Pavillon einige Erfrischungen serviren lassen, und diese wurden eingenommen, während man ausruhte. Man plauderte, man scherzte und bewunderte den neuen Pavillon.

Nachdem man die neuen Anlagen besehen, brach man auf, um nach Ljungstahof zurückzukehren.

Auch auf dem Rückwege ritt der Kapitän wieder treulich an Mathildens Seite, und auf der Stirn des Grafen zog sich eine drohende Wolke zusammen. Sogar der Lieutenant schien durch Stuart's Hartnäckigkeit und durch den Vorzug, den, wie man argwohnte, Mathilde ihm angedeihen ließ, verstimmt zu werden.

Der Rittmeister war auf dem Heimwege neben Ebba hergeritten, und da der Weg im Walde schmal ward, so sah der Lieutenant sich gezwungen, sein Pferd anzuhalten, um Karl und Ebba vorbeizulassen.

„Weißt du, Ebba, ich bin heute auf eine Idee gekommen", hob Karl an, nachdem sie an dem Lieutenant vorbei waren.

„Und diese ist?"

„Mich zu vermählen", entgegnete Karl, indem er Ebba ansah, welche unwillkürlich die Farbe wechselte, aber lächelnd antwortete:

„Diese Idee lautet ganz verständig."

„Trotz des Unverstandes und der Inconsequenz, die darin liegt, meinst du. Von allen menschlichen Thorheiten ist wol das Heirathen die allergrößte."

„Wenn du das Heirathen für eine Thorheit ansiehst, so kannst du ja unterlassen, eine solche zu begehen."

„Ebendeshalb fühle ich mich dazu verlockt. Ich gedenke wenigstens einen Versuch zu machen."

„Aber dies ist ein Versuch, der das ganze Leben hindurch dauert, und den man gewöhnlich mit seinem Lebensglück bezahlt“, entgegnete Ebba, indem sie gedankenvoll vor sich hinschaute.

„Wie kannst du in einem so ernsten Ton sprechen, da du doch aus Erfahrung weißt, daß dieses Band ebenso leicht gelöst als geknüpft werden kann?“

„Karl, du scherzest jetzt über ein Thema, welches du, wenn du Herz und Gefühl hättest, nicht berührt haben würdest“, antwortete Ebba bleich.

„Höre mich, Ebba. Betrachtest du mich als den, der dir das Leben gerettet?“

„Ja, und ich werde dies auch niemals vergessen. Dennoch aber berechtigt diese That dich nicht, mich zu verletzen.“

„Wohl aber ohne Verstellung mit dir zu sprechen. Ihr Frauen nehmt es stets übel, wenn man euch die Wahrheit sagt. Ihr wollt, daß wir gegen euere Fehler blind seien, und in euch nur Engel sehen, welche wir knieend anbeten müssen.“

„Auch jetzt irrst du dich.“

„Nein, Ebba, du selbst bist ein Beweis davon. Du bist von deinem Manne geschieden, und du gibst dich für eine Witwe aus. Du betrügst die Welt, damit die Welt nicht die Ursache deiner gelösten Ehe argwohne. Du glaubst nicht, daß es Menschen gibt, welche laut verkünden möchten: Diese bezaubernde Frau betrügt euch. Sie ist nicht Witwe, sondern eine Geschiedene!“

„Wer hat dir gesagt, daß ich dies bin?“

„Mathilde sprach diese Wahrheit aus, weil sie dadurch dir schaden zu können glaubte.“

„Mathilde?“ wiederholte Ebba, und in ihren Augen lag der Ausdruck furchtbaren Schmerzes.

Der Rittmeister fuhr mit strengem Ernst in seinem Tone fort.

„Bedenke, du bist jung und anziehend, du erwirbst

als fleckenreines Weib dir Liebe, was dir als geschiedene Frau wahrscheinlich nicht leicht werden würde; denn ein Mann würde es sich dann sicherlich sehr reiflich überlegen, ehe er dir seine Hand böte, wenn er wüßte, daß du die Bande zerrissen, welche dich früher mit einem andern vereinigt haben. Du erbuhlst dir auf diese Weise unter einer geborgten Maske eine Achtung und Liebe, welche außerdem nicht so leicht zu erwerben wären. Ist das Wahrheit? Ist das Tugend?"

Ebba betrachtete ihn mit klarem, obschon bekümmertem Blick.

„Weißt du denn so bestimmt", sagte sie, „daß ich es bin, welche die Bande zerrissen, die mein Schicksal mit dem eines andern vereinigten?"

„Ob du es gewesen bist oder er, darauf kommt nichts an; denn dein Herz betrog ihn, deine Liebe gehörte einem andern, und du verriethest um dieses Stuart willen deine heiligsten Pflichten."

„Wenn du ahntest, wie grausam du bist, so würden deine Worte dich erschrecken", flüsterte Ebba und wendete das Gesicht ab.

„Ebba, wenn ich grausam bin, so rührt dies daher, daß, wenn ein Zweifler, wie ich, ein Weib so innig liebt, daß er mit ihr sterben will, er von einer wahnsinnigen Leidenschaft ergriffen sein und dann nothwendig rachsüchtig werden muß, wenn er entdeckt, daß sie eine Lügnerin, eine Ehebrecherin und seiner Liebe unwürdig ist."

„Halt einen Augenblick ein und erwäge deine Worte, Karl!" rief Ebba, während auf ihrem Gesicht eine dunkle Röthe flammte.

„Ich brauche meine Worte nicht zu erwägen!" entgegnete der Rittmeister. „Ich will und muß dir die Wahrheit sagen. Mitten in meiner Verachtung gegen dein Geschlecht, in meinem Zweifel an allem Guten und Edeln in euch Frauen, stahl sich dein Bild in mein Herz.

Ich vermochte den Glauben an deinen wahrern Werth nicht aus meiner Seele zu verbannen, obschon ich vor mir selbst über diesen Glauben und diese Liebe als über Schwächen erröthete, die meiner unwürdig wären. Ich fühlte, daß ich mich in dir getäuscht sehen würde, und wollte uns beide tödten, um mir diesen Schmerz zu ersparen. Dann schwur ich, niemals zu dir zu sagen: Ich liebe, und niemals etwas zu thun, um von dir geliebt zu werden. Daß ich dir jetzt sage, was ich gefühlt habe, kommt daher, daß ich mit der Entdeckung, daß du ein strafbares Weib, eine geschiedene Gattin bist, auch sagen kann: die Verachtung hat meine thörichte Liebe getödtet. Ich beklage dich und dein Geschlecht; denn bei euch findet man nur Betrug und Lüge, und ich wünsche mir Glück, daß ich den Folgen der betrübenden Schwäche, mich noch einmal von meinen Gefühlen bethören zu lassen, entgangen bin."

Ebba hörte ihn an, während ihr Herz still zu stehen drohte. Ihr Gesicht war wieder bleich geworden; aber es lag eine erhabene Ruhe, ein tiefer, ernster Schmerz darüber ausgebreitet, welcher den Verwegenen zu fragen schien, wie er wagen könne, so zu ihr zu sprechen. Sie betrachtete ihn mit einem Blick, der so rein und von jedem Ausdruck des Zornes oder beleidigten Stolzes so frei war, daß sie dadurch zu erkennen gab, sie fühle sich viel zu hoch stehen, als daß sie durch seine Worte erreicht werden könnte.

In einem Ton, welcher keine Spur von Gemüthsb wegung verrieth, antwortete sie:

„Deine Worte haben meinem Herzen wohl gethan und mich dennoch tief geschmerzt. Ich weiß, daß du eines Tags alles zurücknehmen wirst, was für mich verletzend gewesen ist."

„Das bezweifle ich. Zweimal leiden die Gefühle meines Herzens nicht Schiffbruch."

„Es sind auch nicht deine Gefühle, die ich wieder=

gewinnen will", entgegnete Ebba. „Blos deine Achtung ist es, und diese wirst du dich gezwungen sehen, mir zu schenken. Die Liebe, welche du mir gewidmet, ist ein Gefühl gewesen, dessen du dich als einer unwürdigen Schwäche schämen zu müssen glaubst, und ein solches Almosen zu empfangen, bin ich nicht geschaffen. Schenke es einem weniger Ansprüche machenden und dir vielleicht würdigern Weibe; denn eine Liebe, welche mir geschenkt wird, ohne von wirklicher Achtung begleitet zu sein, würde mir nur als eine Beleidigung erscheinen."

„Und eine solche Beleidigung brauchst du nun nicht mehr zu fürchten", sagte der Rittmeister, indem er sich über sein Pferd beugte und den Hals desselben klopfte.

Es trat eine Pause ein.

Nach einigen Augenblicken hob der Rittmeister in seinem gewöhnlichen scherzenden Ton wieder an:

„Sieh nur Kapitän Stuart! Wie eifrig ist er mit Mathilde beschäftigt! Sei auf deiner Hut, denn du hast in ihr eine gefährliche Nebenbuhlerin, welche dir es schwer werden wird, zu bekämpfen, im Fall sie dir den Sieg streitig machen will."

Er warf, indem er dies sagte, einen forschenden Blick auf Ebba, und erschrak beinahe über den Ausdruck bittern Schmerzes, der sich bei diesen Worten in ihrem Antlitz spiegelte. Im nächsten Augenblick aber schon erweckte dies nur seinen Zorn, als er bedachte, daß sie mit ruhiger und kalter Stirn alle seine beleidigenden Ausfälle angehört, und blos durch die Anspielung durch den Verlust von Stuart's Liebe schmerzlich berührt zu werden schien. Wenn der Mensch von Eifersucht beherrscht wird, so ist er meistentheils grausam; denn er weidet sich an den Qualen, welche er unter dem Einfluß dieser Leidenschaft zufügt.

„Wenn du willst, so wollen wir sie einholen", sagte Karl. „Ich will Stuart meinen Platz an deiner Seite anbieten."

„Nein, Karl, dies verbitte ich mir", entgegnete Ebba. Ihre Stimme war unsicher und ihre Lippen bebten.

„Du liebst ihn sehr", bemerkte Karl, wendete sich sodann zu dem Lieutenant und sagte: „Nun, Fries, du hast ja deine Dame verlassen."

Zugleich hielt er sein Pferd an, sodaß der Lieutenant seinen Platz einnehmen konnte.

Vierundzwanzigstes Kapitel.

Der Abend breitete sein magisches Dunkel über die im Salon auf Ljungstahof versammelte Gesellschaft, welche nach den heitern Mühen des Tags hier ausruhte. Man sprach von gleichgültigen Dingen.

Mathilde, die über die Hartnäckigkeit, womit der Graf sich in der Entfernung hielt, in gewissem Grade beunruhigt ward, näherte sich ihm mit bezauberndem Lächeln, während er allein an einem Fenster stand.

„Was soll ich von diesem Kaltsinn denken?“ sagte sie mit einem zärtlichen Blick.

„Mathilde, ich liebe dich viel zu sehr, als daß ich mit Gleichgültigkeit sehen könnte, wie du mich um der schmeichelhaften Huldigung eines Fremdlings willen vergissest.“

„Ich glaube gar, du bist eifersüchtig“, entgegnete Mathilde die Stirn runzelnd. „Dies würde mir sehr misfallen, denn es läge darin ein Zweifel an meiner Anhänglichkeit.“

„Wenn auch nicht an dieser, doch an meiner eigenen Fähigkeit, wirkliche Liebe einzuflößen. Mathilde, ich liebe dich von ganzem Herzen“, antwortete der Graf, indem er den Kopf an die Fensterscheibe lehnte. „Ich leide zu sehr, als daß ich dich geduldig mit meinen Gefühlen spielen oder mit ansehen könnte, wie andere auf Kosten meines Glücks zu hoffen wagen. Noch heute Abend sage ich deinem Vater, daß du mir deine Hand versprochen."

„Und unser Uebereinkommen?" fragte Mathilde, und ihre Züge verriethen Unruhe.

„Dieses muß, wenn du mich wirklich liebst, gebrochen werden."

„Wenn ich nun aber nicht will?"

„Mathilde!" rief der Graf in fast drohendem Ton.

„Henning, liebst du mich?"

Mathilde war, während sie dies mit holder Stimme sagte, hinreißend schön.

„O, wie kannst du so fragen!" entgegnete der Graf mit schwärmerischem Blick.

„Nun, dann wirst du mir gehorchen, und alles bleiben lassen wie es ist, bis ich selbst etwas anderes beschließe."

In diesem Augenblick fielen die Augen des Grafen auf den Kapitän, welcher ihn und Mathilde betrachtete, und als ob der Anblick dieses Mannes und die Erinnerung an seine Hartnäckigkeit den Zauber, welchen Mathilde ausübte, hinwegwehte, sagte er in festem Ton:

„Entweder jetzt oder niemals werde ich vor der ganzen Versammlung als der Mann auftreten, welchem du Liebe und Treue gelobt. Wehrest du mir das, so komme ich niemals wieder auf diesen Gegenstand zurück."

„Diese Sprache, Henning!" rief Mathilde, indem sie ihren Anbeter mit erstauntem Blick betrachtete.

„Ist die deines Gefühls, Mathilde. Man hat mich vor dir gewarnt; aber ich achtete nicht darauf. Man hat mir gesagt, diese schöne Frau hat kein Herz; aber ich glaubte es nicht. Wenn du aber selbst dieses Spiel fortsetzen solltest, zu sagen, du liebtest mich, während du deine Aufmerksamkeit zwischen Fries und Stuart theilst, und das Versprechen, welches du mir gegeben, zu vergessen scheinst: dann würde ich mich genöthigt sehen, zu glauben, du seiest blos eine gefühllose Kokette, und meine Achtung vor dir würde gänzlich schwinden. Noch aber stehst du so hoch in meiner Achtung, daß es mir grausamen Schmerz bereitet, die Glorie der Reinheit, womit meine Phantasie dich geschmückt, erbleichen zu sehen. Möge ich niemals genöthigt sein, dein Bild aus meiner Seele zu reißen."

Die Frauen sind im allgemeinen mit einem raschen Blick begabt, der sie in den Stand setzt, weit sicherer als der Mann ihre Stellung und ihre Stärke zu beurtheilen. Wenn dies schon von dem weiblichen Geschlecht im allgemeinen gilt, wieviel mehr muß es nicht von einer Frau wie Mathilde gelten, deren ganzes Leben darauf gerichtet gewesen, die Eindrücke, die sie gemacht, und die Gewalt, die sie ausgeübt, zu studiren. Sie sah daher sofort ein, daß sie den Bogen allzu straff gespannt, und daß noch ein einziger Druck sie ihrer ganzen Macht über den Grafen berauben würde.

Es gab sonach keinen andern Ausweg, als seinen Wunsch zu erfüllen. Sie erlaubte ihm deshalb, ihren Vater den nächstfolgenden Tag von ihrem Verhältniß zu unterrichten.

Nachdem der Graf sich entfernt, wendete Mathilde sich zu dem Lieutenant, um sich eine Zerstreuung nach ihrem Sinne zu machen.

„Waren Sie mit bei dem Spazierritt, Herr Lieutenant?" fragte sie.

„Ja, ich hatte die Ehre."

„Wirklich? Aber man sah Sie ja gar nicht."

„Wahrscheinlich deshalb, weil ich mich im Schatten hielt", antwortete der Lieutenant lächelnd.

„Ich rechnete im Gegentheil darauf, Sie zu meinem Cavalier zu bekommen."

„Ach, gnädige Frau, Sie kennen meine Furcht vor dem Glück. Es ist stets trügerisch, besonders da ich weiß, daß es für mich blos ein Irrwisch ist."

„Sie wollten also nicht mein Cavalier werden?“ fragte Mathilde und heftete ihre Augen mit einem unwiderstehlichen Ausdruck auf den jungen Mann.

„Hätte es blos von meinem Willen abgehangen, dann —“

Der Lieutenant stockte, denn er fühlte sich förmlich schwindelig im Kopfe.

„Nun dann? Reden Sie doch aus?“

„Dann hätte ich die andern alle fortgejagt, so aber —“

„Nun weiter!“

„So aber hing es von Ihnen ab, gnädige Frau.“

„Und was folgt hieraus?“

„Daß Sie auf alle Fälle dieses Glück dem Kapitän Stuart geschenkt haben. Wenn die Sonne mir einmal nicht scheinen will, so bin ich zu klug, als daß ich ihren Strahlen vergebens nachlaufen sollte. Ich begnüge mich dann mit denen des Mondes.“

Fünfundzwanzigstes Kapitel.

Am nächstfolgenden Tage trat der Graf als Bewerber um Mathildens Hand auf, und beim Diner trank man die Gesundheit des Brautpaares. Die Verlobung sollte ein Geheimniß innerhalb der Familie bleiben, bis Rosersberg vollkommen in Stand gesetzt wäre, und die schöne Besitzerin es im Herbst bezogen haben würde.

Nach der Mahlzeit näherte sich der Rittmeister Mathilde.

„Ich wünsche dir Glück zu der Geschicklichkeit, womit du deine Karte gespielt hast“, sagte er. „Sie hat dir eine Grafenkrone und ein unermeßliches Vermögen, sowie Thorenhjelm, wenn ihm das Glück wohl will, Aussicht auf lebenslänglichen Aufenthalt im Irrenhause eingebracht.“

Er entfernte sich, ohne eine Antwort abzuwarten.

Am Abend saß man im Pavillon. Der Lieutenant war in die Stadt geritten, der Ingenieur und der Maler waren auch nicht da, sodaß die Gesellschaft blos aus der Familie nebst dem Grafen und dem Kapitän bestand. Man sprach von Italien.

„Sie haben ja längere Zeit in Pisa verweilt, nicht wahr, Frau Baronin?“ fragte der Kapitän Mathilde.

Sie antwortete bejahend, aber zugleich ein wenig erröthend.

„Vor einem Jahre", fuhr er fort, „reiste ich ebenfalls durch diesen Theil von Italien und kehrte unterwegs zwischen Pisa und Piombino in einem schönen Landhause ein. Ich fand hier einen Schweden und eine Schwedin wohnhaft.

Kapitän Stuart machte eine Pause und betrachtete Mathilde mit seinen dunkeln Augen.

„Vermuthlich ein Ehepaar", fiel der Baron ein.

„Nein, Herr Baron", entgegnete Stuart, „Die Schwedin war mit einem Toscaner vermählt und ihr Landsmann, ein, wie es schien, vermögender Edelmann, hatte infolge eines wunderlichen Einfalls seinen Wohnsitz hier genommen."

Marie ward bleich, und der Rittmeister sah forschend den Kapitän an, welcher mit einem eigenthümlichen, unheilverkündenden Lächeln die Augen auf Mathilde heftete, während er fortfuhr:

„Der Toscaner erzählte mir die Veranlassung zu seiner Verheirathung mit einer Schwedin, eine sehr merkwürdige Geschichte."

Wieder trat eine Pause ein.

„Nun, können wir Ihre Geschichte zu hören bekommen?" fragte die Oberstin.

„Ja wohl, sehr gern."

„Wollen wir nicht erst einen Spaziergang machen?" unterbrach Mathilde. „Der Abend ist so schön, oder was meinst du, Papa?" setzte sie, zu ihrem Vater gewendet, hinzu, indem sie ihn streichelte.

„Nein, mein Kind, ich bleibe lieber, wo ich bin, und höre Kapitän Stuart's Geschichte. Ihr jungen Leute könnt ja allein gehen."

„Wenn du da bleibst, Papa, so bleibe ich auch", entgegnete Mathilde und wechselte mit Marien einen unruhigen Blick, welcher dem Rittmeister nicht entging.

Ebba saß still und ungewöhnlich nachdenklich an dem geöffneten Fenster des Pavillon.

„Ein Kammermädchen meiner Gattin heirathete in Italien während ihres Verweilens daselbst; vielleicht ist dies dieselbe Person“, hob der Baron wieder an.

„Das ist nicht wahrscheinlich“, antwortete Stuart und sah Mathilde an, welche bei diesen Worten leichter zu athmen schien. Langsam, wie um sie recht raffinirt zu quälen, fuhr er aber dann fort: „Obschon sie wirklich bei einer Baronin Remmer gedient haben soll.“

„Dann ist es auch die Zofe meiner Frau gewesen, denn soviel ich weiß, hat kein anderes Mitglied meiner Familie sich längere Zeit im Auslande aufgehalten.“

„Ich versichere Ihnen aber, Herr Baron, daß es die Frau Baronin nicht gewesen sein kann.“

„Und warum nicht?“

„Die Umstände bei der Verheirathung dieses Kammermädchens sind von der Art gewesen, daß sie nicht wohl bei der Baronin und ihren Töchtern vorausgesetzt werden kann, denn es handelt sich dabei um eine Intrigue, welche in aller Stille in dieser edeln Familie gespielt worden ist“, sagte der Kapitän lachend.

„Aber es wäre doch recht hübsch, wenn wir diese Geschichte hören könnten“, bemerkte der Baron ein wenig bleich.

„Aber, Herr Baron, ich halte es jetzt nicht mehr für zartfühlend“, entgegnete der Kapitän.

Marie sah Stuart bittend an, er that aber als wenn er es nicht bemerkte.

„Aber nun, mein Herr, muß ich in vollem Ernste darauf bestehen, Ihre Geschichte zu hören, damit ich und meine Angehörigen hier sich überzeugen können, daß meine Frau und meine Töchter nichts mit dieser Sache zu schaffen haben“, sagte der Baron, indem er Stuart mit herausfordernden Blick betrachtete.

„Der schwedische Edelmann, der bei dem Ehepaar

wohnte, trug denselben Namen wie Sie, Herr Oberst", hob Stuart wieder an, als ob er wünschte, der Erzählung der Geschichte der Kammerzofe überhoben zu sein.

„Vermuthlich mein ältester Sohn", antwortete der Oberst bekümmert. „Er hält sich wegen seiner Gemüthskrankheit am meisten in der Nähe von Pisa auf."

„Es war merkwürdig", sagte Stuart, schwieg wieder, stand dann auf und fügte hinzu: „Erlauben Sie, daß wir meine Bekannten in Pisa ruhen lassen."

„Aber Sie sagen uns nicht ein Wort von meinem Sohn!" rief die Oberstin, indem sie sich dem Kapitän näherte. „Wie steht es mit diesem? Ach, mein Herr, sagen Sie uns nur ein Wort von ihm!"

„Er ist still, verschlossen und traurig, sonst aber an Körper und Seele vollkommen gesund", antwortete der Kapitän. „Er machte mit mir die Reise von Pisa durch Tirol und Oesterreich, in Wien aber trennten wir uns. Im Herbst gedenkt er nach Schweden zu kommen, von seinen Familienverhältnissen aber sprach er nicht. Haben Sie vielleicht in der letzten Zeit Briefe von ihm erhalten?"

„Er schreibt sehr selten, und wir haben seit langer Zeit nichts von ihm gehört", sagte der Baron. „Er kommt also nach Schweden?"

„Ja, ganz bestimmt."

„So. Nun lassen Sie uns die Geschichte des Kammermädchens hören", sagte der Baron.

„Aber —"

„Kein Aber, mein Herr. Erzeigen Sie mir die Güte, meinen Wunsch zu erfüllen."

„Die Geschichte eines Kammermädchens kann nicht sehr interessant sein, und sicherlich würde es dem Herrn Kapitän Stuart langweilig sein, dieselbe zu erzählen", fiel Mathilde etwas eifrig ein.

„Sei so gut, meine Tochter, dich nicht in diese Sache zu mischen", sagte der Baron etwas scharf.

„Ich werde Ihren Wunsch erfüllen, Herr Baron", hob Stuart wieder an. „Als ich einmal meinen italienischen Wirth fragte, wie er zu einer schwedischen Frau und einem so schönen Besitzthum gekommen sei, erzählte er, seine Frau sei als Kammermädchen mit einer schwedischen Baronin Remmer, die ein paar Töchter gehabt, nach Italien gekommen, und er habe während ihres Verweilens in Neapel, als er bei einem Cousin der Fräulein Remmer gedient, sich in seine Karoline verliebt. Weder er aber noch sie habe das mindeste Vermögen oder Aussicht auf ein solches in der Zukunft besessen. Die Baronin sei von Neapel nach Rom gereist. Eines Tags, kurz nach ihrer Ankunft in Rom, hätte die Freiherrin zu Karoline gesagt: «Ich schenke dir zur Aussteuer ein kleines Besitzthum, groß genug um davon zu leben, und dazu eine jährliche Pension, sodaß du Loretto — den Diener des Cousin — heirathen kannst, wenn du dich verbindlich machst, folgende Bedingung zu erfüllen: Du nimmst, nachdem du vermählt bist, in dein Haus eine junge Dame auf, ohne jemand ihren Namen zu nennen, und das Kind, welches unter deinem Dach das Licht der Welt erblicken wird, wirst du pflegen wie dein eigenes, und für dasselbe eine besondere freigebige jährliche Vergütung erhalten. Ueberdies aber mußt du dich auch verbindlich machen, niemals nach Schweden zurückzukehren.» Karoline ging auf diesen Vorschlag ein, und ein kleiner Knabe ward in ihrem Hause geboren. Von zwei Damen, welche hier angekommen waren, reiste die eine nach drei Monaten wieder ab, die andere aber blieb noch einige Zeit, bis eines Tags sowol sie selbst, als auch der kleine Knabe plötzlich verschwanden. Das Einzige, was sie zurückgelassen, war ein Brief, den Karolinens Mann sorgfältig aufgehoben hatte. Als Karoline jetzt hörte, daß ich nach Schweden zu reisen beabsichtigte, bat sie mich dringend, ihr einige Auskunft über das Schicksal des Knaben zu verschaffen, und übergab mir zu diesem Zweck jenen zurückgelassenen Brief. Sie werden daher finden, Herr Baron, daß —"

„Daß Sie mich sehr verbinden würden, wenn Sie mich diesen Brief sehen ließen, der mir vielleicht Aufschluß über das verschwundene Kind geben kann. Haben Sie den Brief gelesen?"

„Ja; die Person, die ihn geschrieben, ist —"

Ebba erhob sich heftig und warf dabei einen kleinen Tisch um. Das Getöse lenkte aller Augen auf sie, nur nicht die Stuart's, welcher mit Fleiß zu vermeiden schien, sie anzusehen, und, ohne sich unterbrechen zu lassen, hinzusetzte:

„Der Brief ist von einer Dame geschrieben, deren Name —"

„Namen dürfen bei einer solchen Erzählung nicht genannt werden", unterbrach ihn Marie mit erröthenden Wangen.

„Ach, mein Fräulein, dieses Fehlers hab' ich mich leider schon schuldig gemacht und deshalb —"

„Ist es jetzt Zeit, ihn wieder gut zu machen", fiel Ebba mit Nachdruck ein.

„Aber noch weniger passend ist es, den Erzähler fortwährend zu unterbrechen", bemerkte der Baron, der sehr bleich geworden war. „Man sollte glauben, die Sache berührte euch selbst sehr nahe, da ihr so eifrig verlangt, daß der Name nicht genannt werde", setzte er mit strengen Blicken auf Ebba und Marie hinzu.

„Ich brauche den Namen gar nicht zu nennen, wenn ich den Brief selbst herausgebe", sagte Stuart mit einem eigenthümlichen Lächeln, indem er einen Brief aus der Brusttasche zog. „Meine Absicht ist stets gewesen, mich an Sie zu wenden, Herr Baron, um einen Fingerzeig hinsichtlich der Erkundigung nach dem Knaben zu erhalten, denn die Baronin Leonora Remmer muß Ihnen nothwendig bekannt sein."

Diese Worte wurden mit lauter und klangvoller

Stimme ausgesprochen und wirkten auf alle Anwesenden wie ein elektrischer Schlag.

„Haben Sie die Güte, mir den Brief zu zeigen, denn wenn er Leonora Remmer unterzeichnet ist, so ist er auch von meiner Frau geschrieben", sagte der Baron und streckte die Hand aus, um den Brief in Empfang zu nehmen.

In demselben Augenblick aber sprang Marie herbei und riß den Brief an sich.

„Mein Herr", rief sie eifrig, „Sie haben gemisbraucht, was der Zufall Ihnen in die Hand gespielt. Sie haben nicht das Recht, diesen Brief auszuhändigen."

„Ich aber habe das Recht, ihn zu lesen", fiel der Baron in befehlendem Ton ein und riß den Brief Marien wieder aus der Hand. Dann betrachtete er seine Tochter mit strengem Blick und setzte hinzu: „Du fürchtest also, daß der Inhalt dieses Briefs zu meiner Kenntniß gelange. Du weißt vielleicht, daß dadurch meinem Namen das Gepräge der Unehre aufgedrückt werden würde."

Er schlug den Brief langsam auseinander und reichte ihn Mathilde.

„Du hast mir die Wahrheit entziehen wollen", sagte er in strengem Ton, „wohlan, zur Strafe wirst du nun vor allen Anwesenden dies laut vorlesen.

„Mein Vater, um Gottes willen!" rief Mathilde, indem sie herbeistürzte und angstvoll die Hand des Barons ergriff. Er stieß sie aber von sich.

„Nehmen Sie sich in Acht, meine Tochter, und mischen Sie sich nicht in diese Angelegenheit, denn es handelt sich jetzt um meine Ehre, und wer von euch derselben den geringsten Flecken zuzufügen gewagt hat, wird bei mir niemals Verzeihung finden, ja ich werde ihn nicht einmal als mein Kind anerkennen. Mein Fräulein, ich erwarte Gehorsam von Ihnen, — lesen Sie."

„O, mein Vater, sei barmherzig!" schluchzte Marie.

„Ich bin nicht mehr Vater, sondern blos Richter der Person, welche sich unwürdig gemacht hat, meinen Namen zu tragen. Lesen Sie! Hören Sie nicht, daß ich es befehle?“ setzte der Baron mit furchtbarer Kälte hinzu.

Marie fuhr sich mit der Hand über die Stirn und las dann mit unsicherer Stimme Folgendes:

„Pisa, den 8. Mai 1845.

„Mein geliebtes Kind!

„Ich fühle, daß meine Stunden gezählt sind und wünsche daher, Dir, ehe ich sterbe, mein letztes Lebewohl zu sagen und Dir meinen Segen zu schenken. Der Kummer über das, was geschehen, und die Schande, welche Dein strenger Vater nach der Geburt dieses Kindes mit Recht als an seinem Namen haftend betrachten wird, hat ben meinen Heimgang beschleunigt. Du weißt, wie innig ich Deinen Vater liebe, und daß ich mein Leben für sein Glück hingeben würde. Deshalb danke ich Gott, der mich hinwegnimmt, damit ich nicht Zeugin seines Kummers zu sein brauche. Ich kann nicht in mein Grab hinabsteigen und den Gedanken mitnehmen, daß er früher oder später von dem bittern Schmerz getroffen werde, sich von einem der Kinder entehrt zu sehen, von welchen er Freude und Dankbarkeit erwartet hat. Ich kenne sein stolzes Herz und weiß, daß ein solcher Schlag ihn härter treffen würde, als alles andere. Versprich daher, im Fall Du mich nicht erreichst, bevor Gott mich von hinnen gerufen, niemals, solange Dein Vater lebt, das traurige Geheimniß zu verrathen. Den Knaben bringe, wenn ich todt bin, unbemerkt und ohne seine Pflegerin etwas davon wissen zu lassen, zum Oberst, dem Gatten Deiner Tante, und bitte ihn, den Knaben anzunehmen; aber selbst ihm darfst Du nicht die Herkunft des Kindes verrathen. Erst wenn Dein Vater todt ist, mag alles bekannt werden. Komme schnell, denn mein Herz bricht von dem schmerzlichen Gedanken gemartert, daß ich meinen Beruf als Mutter, Stiefmutter und Pflegemutter nicht richtig aufgefaßt, sondern diese Pflichten allzu sehr vernachlässigt und mit allzu großer Schwäche und Nachgiebigkeit mein eigenes Kind behandelt habe, welches durch seine Handlungsweise alles Ueble, was geschehen, verschuldet hat.

„Deine sterbende Mutter

Leonora Remmer."

Als Marie mit dem Vorlesen des Briefs fertig war, herrschte Todtenstille im Salon. Mathildens Augen hingen angstvoll an dem Gesicht ihres Vaters.

Marie hatte ihr Haupt gesenkt, und die Augen des Barons waren mit unbeweglichem Ausdruck auf sie geheftet.

Der Rittmeister schien mit gespannter Aufmerksamkeit das erste Wort zu erwarten, welches ausgesprochen werden würde.

Ebba hatte sich erhoben und stand neben Stuart mehr wie eine Bildsäule, denn wie ein lebendes Wesen. Sie schien ebenfalls mit bebender Spannung zu erwarten, was nun folgen würde.

Endlich entrang sich ein tiefer Seufzer der Brust des Barons, und er fragte in scharfem, fast gellendem Tone:

„Von wem handelt dieser Brief?"

Mathilde ward von einem kalten Schauer durchrieselt.

Marie antwortete mit bebender Stimme:

„Von mir."

Der Baron legte seine Hand auf Mariens Schulter und rief im Tone des größten Zornes:

„Auf die Knie nieder, du Ehrvergessene! Bekenne deine Schande und bitte alle hier Anwesenden um Verzeihung, daß du gewagt hast, unter ihnen zu erscheinen, obschon du dich ihrer Achtung unwürdig gemacht hast. Dann gehe mir sofort aus den Augen; du bist nicht mehr meine Tochter, denn du hast das Recht, meinen Namen zu tragen, verwirkt, und ich —"

„Halt!“ rief Ebba. „Marie ist vollkommen unschuldig. Ich bin die Verbrecherin, denn ich bin die Mutter des Kindes.“

Ebba sprach diese Worte mit gewaltsamer Anstrengung und blickte zugleich zu dem Rittmeister auf, welcher einige Schritt zurückgetreten war und auf sie einen Blick heftete, in welchem man Erstaunen, ja fast Bestürzung las.

Ebba fuhr sich mit der Hand über die Stirn und dachte mit der Genugthuung der Verzweiflung:

„Nun habe ich dir meine Schuld bezahlt, mein guter Pflegevater.“

Dann ergriff sie Mariens Hand und sagte:

„Steh auf, Marie; dein Platz ist nicht auf den Knien. Du bist eine würdige Tochter, ein treue Freundin und hast in dieser Beziehung mehr als deine Pflicht gethan.“

Ebba drückte heftig Mariens Hand, um sie zum Schweigen zu bringen, und warf einen beinahe befehlenden Blick auf Stuart, welcher einen Schritt auf sie zu that, durch diesen Blick aber wieder festgebannt ward.

Der Baron ergriff Ebba's beide Hände und sagte in dumpfem Tone:

„Du, die Tochter meiner geliebten und unglücklichen Schwester, wärest ein verbrecherisches Weib?“

„Dieser peinliche Auftritt hat schon allzu lange gedauert“, rief der Oberst mit dem Ausdruck kalten, stolzen Ernstes. „Da es sich jetzt nicht mehr um deine Töchter handelt, mein Bruder, so erlaubst du wol, daß ich Frau Brandis auf ihre Zimmer begleite, um ihr Gelegenheit zu geben, Anstalten zu ihrer Abreise zu treffen.“

Bei diesen so bitter beleidigenden Worten des Oberst richtete Ebba mit edler Bewegung das Haupt empor, und warf auf Karl einen so vollkommen reinen Blick, daß man darin deutlich ein schuldloses Herz las.

Der Oberst reichte ihr mit strengem Blick die Hand, in demselben Augenblick aber stand der Rittmeister an Ebba's Seite und bot ihr den Arm, indem er sagte:

„Liebe Cousine, vergönne mir die Ehre, dich zu begleiten, und ehe du dieses Zimmer verlässest, zu erklären, daß du das edelste Weib bist, welches ich jemals kennen gelernt."

Hierauf ergriff er Ebba's Hand, welche er ehrerbietig an seine Lippen führte.

„Mein Sohn!" rief der Oberst mit dem Ausdruck der größten Misbilligung.

„Karl!" rief die Baronin in vorwurfsvollem Ton.

Karl richtete sich aber stolz empor und schaute sich ernst ringsum.

„Hier, in diesem Zimmer", sagte er, „weilt allerdings ein verbrecherisches Weib, aber Frau Brandis ist dies nicht. Ich wäre ebenso feig und elend, wie jenes Weib, wenn ich meiner Cousine Ebba erlaubte, das Zimmer zu verlassen, ohne zu erklären, daß sie aus Edelmuth eine Unwahrheit gesprochen, denn ich weiß, daß sie nicht die Mutter des fraglichen Kindes ist. Möge die, welche sich schuldig fühlt, vortreten und ihre Rechtfertigung nicht auf Kosten der Ehre einer Schuldlosen erkaufen."

„Karl, bedenke, was du thust!" rief Ebba und faßte ihn beim Arme.

„Ebba", antwortete der Rittmeister, „wer den Muth besitzt, sich selbst zu opfern, um seinem Pflegevater einen bittern Kummer zu ersparen, der muß ein ebenso tugendhaftes wie großes Herz besitzen. Wir wollen nun den Salon verlassen."

Er bot ihr seinen Arm, aber der Baron hielt ihn zurück.

„Nicht von der Stelle, mein Neffe", sagte er kalt und bestimmt, „ehe du dich erklärt hast. Deine Worte haben die Anklage auf meine Töchter zurückgeschleudert, und ich fordere dich als Edelmann auf, zu sagen, welche davon die Schuldige ist."

„Der Vater des Kindes ist Max Eldner, und es ward drei Monate nach seiner Vermählung mit Mathilde

Remmer geboren. Mathildens stolze und schwache Mutter wollte noch im Tode der Tochter die Achtung ihres Vaters bewahren. Dies ist die einfache Wahrheit, lieber Onkel", antwortete der Rittmeister ruhig.

„Mathilde!" rief der stolze Vater und bedeckte mit einem herzzerreißenden Seufzer das Gesicht mit den Händen.

Mathilde war weinend, ein Bild der Scham und des Schmerzes, zu den Füßen des Barons niedergesunken. Sie schien in diesem Augenblick alles andere zu vergessen und nur den Schmerz ihres alten Vaters zu sehen — dieses Vaters, der in Mathildens sonst nicht sehr gefühlvoller Seele einen so großen Platz einnahm, des einzigen Menschen, den sie gewohnt war zu lieben und zu fürchten.

Endlich richtete er sein schneeweißes Haupt empor, betrachtete Mathilde mit einem Blick des Schmerzes und der Strenge und sagte langsam:

„Es gibt Fehler, Mathilde, welche entschuldigt werden können, wenn sie von Menschen ohne Erziehung, ohne Begriffe von Sittlichkeit, ohne Religion und ohne Geburt begangen werden. Wenn sie aber denen zur Last fallen, welche im Genusse dieser Vortheile leben, dann können sie nicht verziehen werden. Du hast einen solchen entehrenden Fehltritt begangen, du hast die Achtung vor dir selbst und vor dem Namen deines Vaters vergessen; du hast dann, bei vollem Bewußtsein deiner Strafbarkeit, dieselbe auf eine Weise zu verbergen gesucht, wodurch du deine Pflichten als Mutter verleugnet, und dein Leben in einem fortwährenden Freudenrausch zugebracht, ohne zu bedenken, daß du, um meinem und der Welt Tadel zu entgehen, dein Kind um Namen und Heimat bestohlen hast. Du hast dich gegen Gewissen und Pflicht vergangen. Aber damit noch nicht genug, blieben deine Lippen stumm, selbst als deine Cousine aus Edelmuth mir den Schmerz ersparen wollte, dich, den Liebling meines Herzens, von dem Platze, den du bei mir von jeher innegehabt, herabgestoßen zu sehen. Du schwiegst und ließest sie ohne Barmherzigkeit schimpflich aus diesem Zimmer weisen, ohne vorzutreten und zu erklären: Ich bin die Schuldige. Du bist sonach ohne alles Ehrgefühl, und es schlägt in deiner Brust kein Herz, welches fühlt, wie niedrig es ist, sich von der Schande dadurch loszukaufen, daß man andere schändet. Vor einem solchen Wesen verschließe ich meine Thür, für ein solches Weib habe ich blos Verachtung, einer solchen Tochter öffne ich hinfort weder meine Arme, noch mein Herz. Geh! Du bist nicht mehr mein Kind, und ich habe für immer aufgehört, dein Vater zu sein."

„O mein geliebter Vater, Gnade! Barmherzigkeit!" schluchzte Mathilde und umschlang die Knie des Barons.

„Steh auf!" antwortete der strenge Mann. „Deine erniedrigende Schwäche hätte ich möglicherweise verzeihen können, deinen falschen, verworfenen Charakter aber kann ich weder vergessen noch verzeihen. Ich fluche dir nicht, denn ich bin nicht hart und noch weniger grausam, aber ich bin gerecht und muß dich daher verstoßen."

Der Baron schritt, nachdem er dies gesagt, nach der Thür; aber Mathilde faßte seine Hand. Er machte sich los und setzte hinzu:

„Verlängere nicht diesen Auftritt. Du mußt mich kennen und wissen, daß meine Beschlüsse unwiderruflich sind. Weder Zeit noch Bitten können darin eine Veränderung bewirken."

Mit diesen Worten verließ er das Zimmer.

Sechsundzwanzigstes Kapitel.

Zermalmt, vernichtet und in den zärtlichsten Gefühlen ihres Herzens tödlich verwundet, überließ sich Mathilde in der folgenden Nacht dem wildesten Schmerz. Ihr ganzes Leben, das eitle herzlose Leben, welches sie geführt, das Spiel, welches sie mit den Gefühlen anderer und mit den heiligsten Interessen, welche die Welt kennt, getrieben, alles trat jetzt vor ihr Gewissen und rief ihr höhnend zu: „Du leidest nur eine gerechte Strafe."

Mathilde hatte, außer sich selbst, nur zwei Wesen geliebt, ihren Vater und Karl. Von beiden verstoßen und verachtet, erschien ihr jetzt das Leben wie eine schwere Bürde.

Während auf diese Weise die Nacht durchgekämpft ward, dünkte sie sich am Morgen so unglücklich, daß das Leben ihr keinen bitterern Kelch mehr zu bieten hätte; aber sie irrte sich.

Als Lisette eintrat, brachte sie zwei Briefe mit. Der eine war von ihrem Vater, der andere vom Grafen.

Der Brief ihres Vaters lautete:

„Um so schnell als möglich vergessen zu können, daß ich eine Tochter verloren, mache ich auf ein Jahr eine

Reise ins Ausland. Meine letzten Worte an die Person, welche ich mein Kind genannt, sind: Suche als Mutter wieder gut zu machen, was Du als Tochter verbrochen. Ueberdies ist es mein Wille, daß Du, sobald es geschehen kann, Ljungstahof verlässest, und nicht durch Deine Gegenwart Personen lästig fällst, welche Dich in ihrem Herzen verachten müssen. Marie dagegen soll bis zu meiner Rückkunft bleiben. Ich bin gewohnt, daß man mir gehorcht, und verlange dies ganz besonders von einem Wesen, welches so viel verbrochen hat wie Du.

Anton Remmer."

Mathilde sprang sofort aus dem Bett.

„Schnell, kleide mich an!" rief sie. „Ich muß meinen Vater sprechen."

„Er ist heute Morgen vier Uhr abgereist."

Heftig schluchzend sank Mathilde auf ihr Lager zurück.

Der Brief des Grafen enthielt folgende Zeilen:

„Die Mathilde, welche ich liebte und für welche ich das Leben hingegeben hätte, stand in meiner Phantasie so hoch, daß sie keiner falschen oder niedrigen Handlung fähig war. Ihre Gedanken, Gefühle und ihr ganzes Leben waren rein und edel. Die Mathilde aber, welche mir jetzt durch die Wirklichkeit vorgeführt worden, ist ganz das Gegentheil von der frühern und mein Herz kann keine Liebe für sie hegen. Wenn Sie diesen Brief empfangen, habe ich also wie Ihr Vater, Ljungstahof verlassen. Leben Sie wohl. Mögen Sie selbst das Glück finden, dessen Sie für immer beraubt haben

Henning Thorenhjelm."

Dieser letztere Brief war allerdings nicht so schmerzlich, aber für Mathildens Eitelkeit nichtsdestoweniger sehr bitter und niederschmetternd. Sie fühlte sich nun im höchsten Grad gedemüthigt und unglücklich, verlassen und einsam und eine Beute brennender Qualen.

Wir wollen jedoch ihre Leiden nicht weiter schildern,

denn sie litt dieselben als eine wohlverdiente Strafe, wie wir bald erfahren werden.

Am folgenden Tage, nach einer langen Unterredung mit dem Oberst, wobei dieser sich bestimmt geweigert, Mathilde seinen Enkel, den kleinen Edvard, zu überlassen, reiste sie nach ihrem Rosersberg, obschon dasselbe noch nicht fertig war.

Hier lebte sie im höchsten Grade eingezogen, mit dem nagenden Kummer im Herzen, sich von Allen, welche sie geliebt und geachtet, verstoßen zu wissen.

Marie blieb auf Ljungstahof, machte aber häufige und oft längere Besuche bei ihrer jetzt so unglücklichen Schwester, welcher sie Hoffnung und Vertrauen auf Gott einzuflößen suchte.

Mathilde gehörte jedoch nicht zu der Zahl derer, welche in einem Tage ihre Natur wechseln können. Sie litt, sie raste und verzehrte sich selbst durch ihren Schmerz, war aber durchaus nicht fähig, ihr Schicksal geduldig und in Demuth zu tragen. Wir müssen sie daher ihren Leiden überlassen.

Am Abend des Tages nach Mathildens Abreise schrieb Ebba folgende Worte in englischer Sprache an Kapitän Stuart:

„Ebba wünscht mit Tom zu sprechen und erwartet ihn heute Abend acht Uhr in dem untern Salon.“

Sie schickte das Papier, auf welches diese an den Kapitän gerichteten Worte geschrieben waren, durch einen der Diener ab.

„Was hast du da?“ fragte der Rittmeister, welcher dem Diener auf der zu den Herrenzimmern führenden Treppe begegnete.

„Ein Papier, welches mir die gnädige Frau gegeben, um es dem Kapitän Stuart zuzustellen.“

„Gib einmal her!“

Der Rittmeister nahm das Papier und las die Worte, welche darauf geschrieben standen. Eine dunkle Röthe bedeckte seine Stirn, als er das Papier wieder zurückgab.

Ebba saß gedankenvoll in einen Sessel zurückgelehnt im untern Salon. Es war noch nicht acht Uhr, und die letzten Sonnenstrahlen warfen einen matten Abschiedsblick durch die Fenster.

Auf dem Antlitz der jungen Frau lag ein schwermüthiger Ausdruck, und ein bleicher Schatten bedeckte die Wangen.

Sie schien gänzlich in ihre innere Welt versunken, als plötzlich die Thür des Salons sich öffnete und der Rittmeister eintrat.

Auch er war bleich, und die dunkeln Augen verweilten auf Ebba mit einem Ausdruck, auf welchem sich Zweifel und Zärtlichkeit mischten.

Bei dem Geräusch seiner Tritte blickte Ebba auf und erröthete vor Ueberraschung.

„Entschuldige, Ebba“, sagte er, „ich weiß, daß nicht ich es bin, den du erwartest; aber es fehlen noch zehn Minuten an acht Uhr, und diese bitte ich dich, mir zu schenken.“

Der Rittmeister warf sich, indem er dies sagte, mit aufgeregter Miene auf einen neben Ebba stehenden Stuhl und fuhr sich mit dem Tuch über die glühend heiße Stirn. „Du schlägst mir meine Bitte doch nicht ab?“ setzte er hinzu.

„Nein, Karl, das thue ich gewiß nicht; im Gegentheil, ich stehe bei dir in einer allzu großen Schuld, als daß ich deinen Wunsch nicht mit wirklichem Vergnügen erfüllen sollte.“

Ebba reichte ihm die Hand, während sie hinzusetzte:

„Es gibt gewisse Handlungen, welche einen unauslöschlichen Eindruck zurücklassen, und ich habe noch nicht Gelegenheit gehabt, dir zu danken —“

„Wofür? — Wol weil ich nicht gestattete, daß du ungerechterweise, verachtet und beschimpft aus dem Hause meiner Aeltern gejagt würdest? Das, was ich that, war so natürlich, daß es nicht erwähnt zu werden verdient.

Gestatte jedoch, daß wir von diesem Thema abbrechen. Die Zeit ist kurz, und was ich zu sagen habe, muß gesagt werden ehe es acht schlägt, weil dann, deinem Rufe gemäß, Stuart sich hier einfinden wird."

Ebba verneigte sich bejahend.

„Ich komme um dich zu bitten, mich von einigen Zweifeln zu erlösen, welche mich martern, und ersuche dich daher, mich einen von Kapitän Stuart unbemerkten Zeugen euers Gesprächs sein zu lassen."

„Was verlangst du, Karl!" rief Ebba, indem sie ihn mit vorwurfsvollem Blick ansah.

„Ich wünsche, Ebba, dich richtig kennen zu lernen", antwortete Karl, indem er heftig ihre Hände faßte. Ich verlange einen unwiderleglichen Beweis der Reinheit deines Innern; ich verlange, daß du mir den Glauben an dein Geschlecht wiedergibst. Nicht wahr, du schlägst mir meine Bitte nicht ab?"

„Ich muß!" entgegnete Ebba, indem sie Karl mit bekümmerter Miene betrachtete. „Kannst du nicht an meine Reinheit glauben, ohne mein Zwiegespräch mit Stuart anzuhören, so muß ich dich deinen Zweifeln überlassen, denn deine Bitte kann ich nicht erfüllen."

„Dann gibt es also ein Geheimniß zwischen dir und diesem Mann?" fragte der Rittmeister, indem er Ebba's Hände krampfhaft drückte.

„Ja", stammelte sie; „aber es ist ein Geheimniß, welches mir nicht allein gehört."

„Ich will und werde dieses Geheimniß entdecken und wenn ich es ihm aus dem Herzen schneiden sollte!" rief Karl, indem er Ebba's Hände losließ und sich erhob.

„Höre mich an, Karl!" rief Ebba. „Wenn dieses Geheimniß mit bittern, furchtbarn, für mich verletzenden und für andere kränkenden Erinnerungen verknüpft wäre, würdest du es dennoch durchdringen wollen?"

„Ja", antwortete Karl, und seine Brust hob sich unruhig.

„Und weshalb?“

„Weil ich dich liebe, weil ich dich vollkommen rein sehen muß.“

In diesem Augenblick schlug es acht, und rasche Tritte auf dem Sandwege vor den nach der Terrasse führenden Glasthüren verriethen, daß jemand sich näherte.

„Du hast dich geweigert, mich euer Gespräch hören zu lassen; aber ich werde es dennoch thun“, sagte der Rittmeister, indem er sich einem an den Salon stoßenden Cabinet näherte.

„Dadurch wirst du mich blos zwingen, den Salon zu verlassen“, antwortete Ebba in bestimmtem Tone und erhob sich.

„Treibe mich nicht zum Aeußersten!“ rief der Rittmeister. „Ich muß wissen, ob dieser Stuart dein Geliebter gewesen ist oder noch ist.“

„Nein, mein Herr, dieser Stuart ist nicht Ebba's Geliebter gewesen, sondern noch weit mehr, nämlich ihr Gatte!“ antwortete Stuart, welcher jetzt auf der Schwelle der nach der Terrasse führenden Flügelthüren stand.

„Gatte!“ wiederholte Karl.

„Ja, ihr Gatte, von welchem sie aber geschieden ist, weil er, von einer zügellosen Leidenschaft beherrscht, in wahnsinniger Verblendung die Ehe löste und seine schuldlose, edle Gattin opferte. Nun aber, mein Herr, bitte ich, daß Sie mich einige Augenblicke lang mit Ebba allein lassen. Dann stehe ich Ihnen zu Diensten, um eine vollständige Erklärung über das abzugeben, was Ihnen vielleicht jetzt noch räthselhaft erscheint.“

Tief ergriffen verneigte sich Karl gegen Ebba und führte ihre Hand an seine Lippen.

„Verzeihe mir meine Uebereilung“, sagte er und verließ dann das Zimmer.

Als Ebba mit Stuart allein war, hob sie an:

„Ich habe mit dir zu sprechen gewünscht, Tom, um dich zu bitten, mich des dir bei unserer Trennung gegebenen

Versprechens, niemand zu erzählen, daß du mein geschiedener Gatte bist, zu entbinden. Du hast jetzt selbst durch deine Aeußerung gegen Karl dieses Versprechen gelöst. Es widerstrebt mir, diese Witwenrolle zu spielen, welche ein mit meinem Charakter unvereinbarer Betrug ist."

„Die Worte, die ich zu deinem Cousin sprach, theuerste Ebba, haben dein Versprechen nicht gelöst", entgegnete Stuart. „Dennoch bedarf es blos deines Wunsches, um es sofort aufzuheben, wenn es dir oder sonst jemand vom geringsten Nutzen sein kann, den Schleier von unserm Geheimniß zu ziehen. Ich verspreche dir aber, deinem Cousin alles zu entdecken. Er ist der einzige, der eine Ahnung davon hat. Du bist ja unschuldig an allem, was dieses unglückliche Geheimniß birgt, und dein Schweigen gilt blos den Schwächen, die ich begangen, und den Leiden, welche dir dadurch verursacht worden. Sag', Ebba, gewinnst du etwas dabei, wenn du dieselben ans Licht ziehst?"

„Nein, gewiß nicht, und Gott ist mein Zeuge, daß ich in keiner Weise wünsche, mich auf deine Kosten irgendeiner Unannehmlichkeit zu entledigen", sagte Ebba. „Es ist mir aber überaus peinlich, Personen, welche mich lieben, zu hintergehen, und durch ein Versprechen zum Schweigen gezwungen zu sein, während der Wunsch meines Herzens ist, aufrichtig und wahr zu sein."

Was weiter gesprochen ward, braucht hier nicht mitgetheilt zu werden.

Siebenundzwanzigstes Kapitel.

Die Nacht war eingebrochen, und wir sehen Stuart und Karl einen jeden in der Ecke eines Sofas im Zimmer des erstern sitzen.

Nachdem man eine Weile geschwiegen, hob der Kapitän an:

„Von Ebba's frühern Lebensschicksalen brauche ich Ihnen nichts zu sagen, denn diese sind Ihnen, als ihrem Verwandten, besser bekannt als mir. Sie wissen auch, daß sie schon in ihrem dreizehnten Lebensjahre Schweden verließ und dem Bruder der Baronin Remmer nach England folgte. Drei Jahre nach ihrer Ankunft dort ward ich dem Grafen Hjelm, Ebba's Pflegevater, vorgestellt und war bald ein täglicher Gast in seinem Hause. Ich faßte Liebe zu Ebba, war so glücklich, Gegenliebe zu finden, und bekam sie zum Weibe.“

„Aber Ebba ward ja mit einem Kapitän Brandis vermählt, welcher in der englischen Flotte diente und von Geburt Amerikaner, obschon naturalisirter Engländer war. Sie dagegen, mein Herr, —“

„Sind Creole und heißen Stuart, wollen Sie sagen.“

„Ja. Wie hängt das zusammen?“

„Erlauben Sie, daß ich fortfahre, und es wird Ihnen bald alles klar werden. Ein Jahr nach meiner Bekanntschaft mit Ebba wurden wir vereinigt. Ich hatte ein junges, einnehmendes und so liebenswürdiges Wesen zur Gattin bekommen, daß ich nach unserer Trennung nicht begreifen konnte, wie es mir möglich gewesen, sie jemals zu vergessen; denn sie war reich begabt an Geist, und von Herzen ein Engel der Güte und Liebe. Schon die Erinnerung an das Glück, welches ich besessen und selbst vernichtet, erfüllt meine Seele mit der schmerzlichsten Sehnsucht. Ebba liebte mich mit einer Hingebung, die keine Grenzen kannte, und mit jener reinen Liebe, welche nur in einem edeln Herzen wohnen kann.

„Nachdem wir ein Jahr lang unser Glück genossen, traten wir eine Reise nach dem Continent an. Sie kennen die Vorliebe der Engländer für Reisen. Ich wollte durch diesen Ausflug Ebba ein Vergnügen bereiten, nach welchem ihr lebhafter Geist sich schon längst gesehnt.

„Die Reise, welche keinen andern Zweck hatte als Zerstreuung, ging nach Italien. Wir kamen nach Neapel und besuchten eines Abends das Theater San-Carlo. Während wir hier saßen und die glänzenden Logenreihen betrachteten, trat in eine dieser Logen eine ältere Dame in Begleitung eines so blendend schönen Mädchens, daß mir ein Ausruf der Bewunderung entschlüpfte. Ebba ließ ihre Blicke ebenfalls nach dieser Richtung schweifen und sagte mit Gemüthsbewegung und Ueberraschung:

„«Das ist meine Tante, die Baronin Remmer, und meine Cousine Mathilde aus Schweden.»

„Den ganzen Abend konnte ich meine Augen nicht von dem bezaubernden Anblick abwenden, welcher meine Vernunft und meine Sinne bethört hatte. Die Hartnäckigkeit, womit ich die junge Dame betrachtete, lenkte endlich ihre Aufmerksamkeit auch auf mich, denn ich bemerkte, daß ihr Blick zuweilen nach uns herüberschweifte. Die Musik, der Gesang, das Bravorufen, alles blieb von mir unbeachtet, denn das bezaubernde Bild beschäftigte meine ganze Seele. Beim Verlassen des Theaters konnten wir nur einen flüchtigen Schimmer von der jungen Dame erhaschen, und zum ersten mal war mir Ebba's Gegenwart lästig; denn sie hinderte mich, der schönen Erscheinung nachzueilen.

„Ich weiß nicht, ob Ebba den Eindruck bemerkte, welchen Mathilde auf mich machte; ihre Augen aber suchten mit zärtlicher Unruhe die meinigen. Als wir in unsere Wohnung zurückkamen, verdoppelte sie ihre Liebkosungen und bewies mir die zärtlichste Hingebung; meine Gedanken aber waren hartnäckig auf Mathilde gerichtet, und ich beantwortete Ebba's Zärtlichkeit mit Zerstreutheit.

„Das erste, was ich am nächstfolgenden Tage that, war, daß ich mich nach der Wohnung der Baronin Remmer erkundigte; meine Bemühungen waren aber von keinem Erfolg gekrönt. Misvergnügt und verdrießlich kehrte ich nach Hause zurück, wo Ebba mir ganz erfreut mittheilte, daß ihre Tante und ihre Cousine in demselben Hotel wohnten wie wir.

„Im Laufe des Nachmittags machten wir einen Besuch bei der Baronin, welche Ebba sehr herzlich empfing. Ich — ich hatte nur Augen für Mathilde. Aus Eitelkeit und weil sie nichts Besseres zu thun wußte, bewies sie mir eine so zuvorkommende Aufmerksamkeit, daß mir der Kopf dadurch vollends verdreht ward. Als wir endlich Abschied nahmen, war ich so von ihr eingenommen, daß von Verstand bei mir nicht die Rede sein konnte.

„So vergingen einige Tage. Wir kamen mit Ebba's Verwandten häufig und in vertraulicher Weise zusammen, und Mathilde fuhr fort, mir ausschließlich ihre Aufmerksamkeit zu widmen.

„Eines Abends, gerade als wir uns zur Ruhe begeben wollten, kam die Kammerjungfer der Baronin in unser Zimmer gestürzt und meldete uns, daß ihre Herrin soeben einen heftigen Blutsturz bekommen habe. Ich eilte sogleich nach einem Arzt, und Ebba ging, um einen Platz an dem Lager der Kranken einzunehmen.

„Tage und Wochen vergingen, und während dieser ganzen Zeit wachten Marie und Ebba abwechselnd bei der Kranken. Mathildens schwächliche Gesundheit gestattete ihr keine Nachtwache, und die noch im Tode für sie zärtlich besorgte Mutter wollte auch nicht, daß sie sich anstrenge.

„Die Folge hiervon war, daß ich Mathildens täglicher Gesellschafter und Begleiter auf ihren Promenaden ward. Sie können sich denken, welche Schätze von bezaubernder Anmuth, hinreißender Liebenswürdigkeit und unwiderstehlicher Unschuld sie während dieser Zeit entwickelte. Bald war sie eine träumende Schwärmerin, bald eine bekümmerte, weinende Tochter, bald das muthwillige, heitere, sorglose Kind, unaufhörlich wechselnd, aber stets gleich entzückend. Meine Vernunft, mein Pflichtgefühl, alles trat in den Hintergrund vor der gewaltsamen Leidenschaft, die sie in mir erweckte.

„Eines Tags, als Ebba, erschöpft vom vielen Nachtwachen, in unserm Zimmer ein wenig ausruhen wollte, sagte sie, als ich im Begriff stand, mich zu entfernen, in bekümmertem Tone:

„«Tom, bleibe bei mir; ich leide und fühle mich unglücklich, denn es kommt mir vor, als wenn du mir jetzt nicht mehr mit derselben Liebe zugethan wärest wie früher.»

„«Liebe Ebba, ich habe Mathilde versprochen, mit ihr eine Promenade zu machen», antwortete ich.

„«Promenire heute nicht mit ihr, überhaupt nicht so oft», bat Ebba, schlang ihre Arme um meinen Hals und weinte.

„Aber was kümmerte ich mich, der ich jetzt nur an Mathilde dachte und für diese lebte, um Ebba's Thränen? Ich riß mich von ihr los und eilte hinaus. Als ich von der Promenade wieder zurückkam, fand ich Ebba immer noch weinend, und es fand ein schmerzlicher Auftritt zwischen uns statt. Sie beschwur mich, mit ihr nach England zurückzukehren. Sie sagte mir, Mathilde sei mit einem Verwandten, Namens Max Eldner, verlobt, und demselben auch mit herzlicher Liebe zugethan. Sie bat mich inständig, ihr die Qualen zu ersparen, welche meine Gleichgültigkeit ihr verursachten, und vielmehr an unser entschwundenes Glück zu denken u. s. w.

„Ach, mein Herr, niemals werde ich diesen peinlichen Auftritt vergessen, und die Erinnerung daran hat mich später auf furchtbare Weise gemartert. Damals aber erweckte er nur Ungeduld und Zorn gegen mein Weib, welches ich des Mistrauens und der Eifersucht beschuldigte.

„Schon am nächstfolgenden Tage fragte ich Mathilde, ob sie einen andern liebte und ob sie wirklich mit Max Eldner verlobt wäre. Mathilde antwortete:

„«Ich liebe keinen und habe noch niemand mein Wort gegeben, obschon meine Angehörigen mich mit Max vermählt zu sehen wünschen.»

„Vergebens würde ich versuchen zu ergründen, welche teuflische Grille ihr dieses Verleugnen ihres wirklich bestehenden Verhältnisses einblies. Es folgte nun eine Zeit, während welcher sie einen Tag mich hoffen ließ, daß ich geliebt sei, obschon Pflicht und Zartgefühl ihr verwehrten, dies zu gestehen. Den andern Tag dagegen beraubte sie mich dieser Hoffnung wieder. Ihr zuweilen kaltes und zuweilen warmes Wesen steigerte nur mein Gefühl bis zu einer wahnsinnigen Höhe, und als sie mich einmal fragte: «Was willst du, daß ich auf die Liebeserklärungen eines verheiratheten Mannes antworte?» war ich in meinem wilden Taumel nahe daran, die Bande zu verwünschen, welche mich an Ebba fesselten. Ich stürzte von Mathilde hinweg, und die arme, schon so unglückliche Ebba mußte den Ausbruch meines innern Schmerzes über sich ergehen lassen.

„«Mathilde, wenn ich frei wäre, würdest du mich dann lieben?» fragte ich am nächstfolgenden Tage.

„Sie sah mich wehmüthig und gedankenvoll an, während sie mit einer Blume spielte und antwortete: «Vielleicht!»

„«Gib mir diese Blume, Mathilde, und ich schwöre, mit dir kein Wort von Liebe zu sprechen, bis ich frei bin.»

„Hier hast du sie», antwortete Mathilde; «ich bin aber überzeugt, daß du ebenso schnell die Laune wechseln wirst, als diese Blume welkt.»

„Sie war in diesem Augenblick schön wie ein Engel.

„«Uebrigens glaube ich nicht sehr an deine Liebe», setzte sie hinzu. «Wenn du mich nicht mehr siehst, wird sie verschwinden.»

„Eine Wolke des Kummers flog, indem sie dies sagte, über ihre Stirn.

„«Wenn ich dir aber durch meine Handlungen beweise, daß ich alle Schranken, welche jetzt zwischen dir und mir stehen, durchbrechen und alle Bande zerreißen kann, wirst du dann an meine Liebe glauben?»

„«Allerdings würde ich dies; aber wozu können alle dergleichen Vorstellungen dienen? Du bist ja vermählt.»

„«Mathilde!» rief ich; «ich gehe und werde dich nicht eher wiedersehen, als bis ich frei bin.»

„In diesem Augenblick kam ein Bote von der Baronin, welche Mathilde zu ihr hineinrief. Ebba hatte mich fast täglich und mit Thränen gebeten, daß wir nach England zurückkehren möchten; aber ich war bisjetzt taub gegen ihre Bitten gewesen. Als ich jetzt von Mathilde kam, sagte ich zu Ebba:

„«In zwei Tagen treten wir die Rückreise nach England an.»

„Ebba betrachtete mich mit einem Ausdruck unbeschreiblicher Liebe und Freude, ohne zu ahnen, welchen furchtbaren Schmerz ich ihr zu bereiten beabsichtigte. Aber weder ihre Freude noch ihre liebevolle Dankbarkeit ver=

mochte zu meinem Herzen zu dringen; alles dies war mir blos peinlich.

„Zwei Tage darauf verließen wir Neapel. Die Baronin war jetzt auf dem Wege der Besserung, hatte aber das Bett noch nicht verlassen. Bei meinem Abschied von Mathilde bat ich diese auf den Knien um die Erlaubniß, Briefe mit ihr zu wechseln, und sie beantwortete meine Bitte mit den Worten:

„«Die Bedingung unsers Wiedersehens ist ja so fabelhaft, daß wir mit Sicherheit annehmen können, einander nie wieder zu begegnen. Ich sehe daher nichts, was uns das Opfer eines angenehmen Briefwechsels aufzulegen brauchte.»

„Nach einjähriger Abwesenheit kam ich mit meinem Weibe wieder nach London zurück. Die Gefühle, mit welchen ich diese Heimat wiederbetrat, wo ich mit einer liebenden und geliebten Gattin so glücklich gelebt, vermag ich nicht zu schildern, und gleichwol empfand ich einen gewissen Grad von Unmuth bei dem Gedanken, daß Ebba jetzt zwischen mir und meinem geträumten Glück stand. Ich schweige von Ebba's Freude und Seligkeit, als sie sich wieder in dieser Heimat befand, wo, wie sie hoffte, ihr wieder Liebe und Glück blühen würden; wo ihr aber gleichwol sehr bald der bitterste Kelch gereicht werden sollte. Sie vergaß jetzt alle Thränen und Qualen, welche meine Kälte ihr verursacht. Ihr ganzes Wesen athmete Hingebung und Hoffnung. Aber ach, diese Freude sollte sehr kurz sein!“

Stuart machte hier eine kurze Pause. Karl hüllte sich in eine dichte Rauchwolke, ohne ein Wort zu sagen. Nach einigen Augenblicken hob der Kapitän wieder an:

„Eine kurze Zeit verging, während welcher Ebba alles that, was eine Frau thun kann, um das Herz ihres Gatten wiederzugewinnen; sie sah aber bald ein, daß dieses Herz fern war von der Heimat. Sie klagte nicht, sie sagte mir kein vorwurfsvolles Wort, der schmerzliche Blick, das wehmüthige Lächeln aber sagten mehr als Worte. Endlich beschloß ich, diesem gespannten Verhältniß mit einem mal durch die Erklärung meines Entschlusses, mich von Ebba scheiden zu lassen, ein Ende zu machen.

„«Ebba», sagte ich eines Tags zu ihr, «bist du nicht der Meinung, daß ich mich sehr verändert habe?»

„«Ja, allerdings, sehr.»

„«Du erkennst wol auch die Ursache dieser Veränderung?»

„«Nein, Tom; ich will sie nicht erkennen», antwortete Ebba, während ihre Wangen schneeweiß wurden.

„«Aber ich wünsche, daß du sie erkennest.»

„Sie ergriff meine Hände und sagte mit tiefer Bewegung:

„«Sag' mir nichts! Ich würde nicht den Muth haben, dich anzuhören.»

„«Aber gleichwol mußt du die Wahrheit wissen und die Beschaffenheit des Gefühls kennen lernen, welches mich an eine andere fesselt.»

„«Um Gottes willen, Tom, sage nichts weiter!» rief Ebba an allen Gliedern zitternd. «Ich habe ja keine Frage an dich gestellt. Ich will geduldig sein und warten, bis dein Herz wieder zu mir zurückkehrt. Nur sprich die entsetzlichen Worte nicht aus.»

„Ach, es gibt niemand, der so herzlos grausam wäre wie der Mensch, welcher von einer gewaltsamen Leidenschaft beherrscht wird. Ich hatte Ebba's Schmerz vor Augen, ich hörte ihre bittende, verzweifelnde Stimme, und dennoch stand ich im Begriff, ihr den Dolch ins Herz zu stoßen. Ich sagte ihr rein heraus, daß ich Mathilde liebte, daß ich ohne diese nicht mehr leben könnte, daß ich sie, Ebba, bitten müsse, mir meine Freiheit zurückzugeben. Ich schloß mit den Worten:

„«Mathilde muß mein Weib werden, oder ich jage

mir eine Kugel durch den Kopf. Du hast über mein Leben und mein künftiges Glück zu bestimmen.»

„Während ich so sprach, hatte ich nicht gewagt, Ebba anzusehen. Ich war ja der Henker und sie das Schlachtopfer. Bei dem letzten Wort aber fielen meine Augen auf sie. Ach, niemals werde ich den Ausdruck ihres vom Schmerz verzerrten Gesichts vergessen. Ihre Lippen bebten und waren weiß wie Schnee. Vergebens bemühte sie sich, ein Wort über dieselben zu bringen. Endlich entrang sich ein Seufzer unermeßlichen Schmerzes ihrer Brust. Sie drückte sich die Hände aufs Herz und warf sich mit der Geberde der Verzweiflung auf die Knie nieder, während sie stammelte:

„«Bringe mich um, aber nimm erst deine Worte zurück!»“

„Und Sie thaten dies, nicht wahr?“ rief Karl, indem er aufsprang.

„Nein, ich nahm meine Worte nicht zurück. Ich war taub gegen alle andern Gefühle als meine Liebe zu Mathilde Ich ließ Ebba vergebens um Erbarmen bitten. Ich war grausam und unbeweglich. So vergingen drei Tage, während welcher das arme, neunzehnjährige Weib alles that, um den Mann zu erweichen, der nach einer zweijährigen, glücklichen Ehe um einer zügellosen Leidenschaft willen sie zur Trennung und damit zur Verzichtleistung auf alle Freuden des Lebens verurtheilte. Während dieser Tage hatte sie grenzenlos gelitten und alle möglichen Versuche gemacht, mich zur Vernunft und zum Bewußtsein meiner Pflicht zurückzuführen, aber ohne Erfolg. Am vierten Tage trat sie mit einer furchtbaren, äußerlichen Ruhe, welche einen gefaßten Entschluß verrieth, bei mir ein. Mit schmerzlichem Lächeln reichte sie mir die Hand.

„«Dein Glück», sagte sie, «verlangt also, daß ich mich opfere? Wohlan, dann müssen wir scheiden. Ich liebe dich zu innig und zu uneigennützig, als daß ich ein

Hinderniß für dein Glück sein könnte. Möge denn das Gesetz das Band lösen, welches mich an dich fesselt, da dein Herz sich unwiderruflich von dem meinigen getrennt. Bist du nun zufrieden?»

„Fast wahnsinnig vor Freude stürzte ich ihr zu Füßen, ohne zu bedenken, daß meine Freude ihrem Herzen tausende von Dolchstichen versetzte. Diese Schändlichkeit vollendete auch mein Werk, denn Ebba taumelte und stürzte mit einem durchbohrenden Schmerzensschrei besinnungslos zu Boden."

„Aber das ist ja verabscheuungswürdig, Herr!" unterbrach Karl und ging mit schnellen Schritten im Zimmer auf und ab.

„Sie haben vollkommen recht, und ich bin dafür auch grausam gestraft worden", sagte Stuart, fuhr sich mit der Hand über die Stirn und hob wieder an:

„Ebba erkrankte am Nervenfieber, und während dieser Zeit wurden wir rechtskräftig geschieden. An demselben Tag, wo das Gesetz unsere Ehe löste, starb Ebba's Pflegevater, Graf Hjelm, und setzte sie zur Universalerbin seines nachgelassenen Vermögens ein. Gleichzeitig erhielt ich die Nachricht, daß ein Verwandter meiner Mutter in Westindien, bei welchem ich erzogen worden, mit Tode abgegangen war, und mich zu seinem Erben ernannt hatte, obschon mit der Bedingung, daß ich seinen Namen annähme und aus dem Kriegsdienst träte. Ich schrieb nun an Ebba, welche während unsers Scheidungsprocesses sich auf einem kleinen Besitzthum in der Nähe von London, welches dem verstorbenen Grafen Hjelm gehörte, aufhielt, und bat sie, ohne Abscheu und Haß an mich zu denken, während ich ihr zugleich vorschlug, sich für eine Witwe auszugeben, da ja ein Kapitän Brandis, nachdem ich den Namen Stuart angenommen, nicht mehr existirte. Ich stellte diese Bitte auch um meines Glücks und um der Möglichkeit von Mathildens Besitz willen, weil ihr Vater seine Zustimmung zu einer Ehe zwischen Ebba's geschiedenem Gatten und seiner Tochter sicherlich verweigert haben würde. Auf die Einwilligung und die Verschwiegenheit der für Mathilde so schwachen Mutter hoffte ich stets rechnen zu können.

„Am Tage nach Absendung meines Briefs erhielt ich einen Besuch von Ebba. Sie trug tiefe Trauer um ihren Pflegevater. Es war jetzt seit unserer Rückkunft nach London ein Jahr verflossen. Kaum vermochte ich sie wiederzuerkennen, so sehr hatte sie sich in der Zeit, wo wir einander nicht gesehen, verändert. Nur der milde, seelenvolle Blick war noch derselbe.

„Mit tiefer Bewegung sagte sie:

„«Ich komme, Tom, um dir auf ewig Lebewohl zu sagen. Wir sind jetzt einander fremd; aber ich will dir, ehe wir einander dieses lange Lebewohl wünschen, sagen, daß mein Herz niemals Haß gegen dich hegen wird, den ich so grenzenlos geliebt, sondern daß ich dir von ganzem Herzen wirkliches und wahrhaftes Glück wünsche. Ferner wollte ich dir sagen, daß mein Onkel, wie ich ihn kenne, niemals Mathilde verzeihen würde, daß sie die Ursache zu unserer Trennung gewesen; aber sei unbesorgt, denn ich verspreche dir, nie ein Wort davon zu sagen, daß du mein Gatte gewesen bist. Deinem Wunsche gemäß bin ich nun für die ganze Welt Witwe. Ich werde mich zu überreden suchen, daß mein geliebter Tom wirklich todt ist, und er war dies ja auch für mich von dem Augenblick an, wo er aufhörte, mich zu lieben.»

„«Ebba, noch eine Bitte», sagte ich. «Hasse Mathilde nicht!»

„«Davon kein Wort», antwortete sie, reichte mir bewegt die Hand und setzte hinzu: «Du brauchst mich nicht zu bitten, ihr zu verzeihen; dies habe ich schon gethan. Ich verspreche dir, was auch geschehen möge, weder Mathilde noch jemand anders wissen zu lassen, wie furchtbar theuer erkauft euer Glück für mich gewesen ist. Leb' wohl!»

„Einige Stunden später war Ebba auf dem Wege

nach Frankreich, und zwei Tage später stand ich im Begriff, Mathilde aufzusuchen und deshalb nach Pisa zu reisen. Aus ihrem letzten Briefe wußte ich, daß sie sich dort aufhielt. Wir hatten fortwährend Briefe gewechselt, obschon Mathilde selbst in ihren Briefen jene furchtbare Kokketterie beibehielt, welche die größte Gleichgültigkeit athmete, und dennoch durch den glühenden Ton, die halbausgesprochenen Gefühle und die stumme, blos ahnende Sehnsucht, welche darin lag, die schwindelndsten Hoffnungen erweckte. In jeder Zeile erwartete ich die Worte zu lesen: Ich liebe dich, aber vergebens, denn sie schloß allemal mit einer nichtssagenden Phrase oder einigen raffinirt-koketten Worten, welche nur Oel in das Feuer gossen, welches mich verzehrte. Von einem Ehescheidungsprocesse hatte ich kein Wort geschrieben, denn ich fürchtete, ihr, wie ich glaubte, feinfühlendes Gemüth zu verletzen; sogleich aber, nachdem mir das Gesetz meine Freiheit wiedergeschenkt, schrieb ich an Mathilde, daß ich nun vollkommen frei sei, daß ich mein Leben zu ihren Füßen niederlegte und daß ich im Begriff stünde, die Reise zu ihr anzutreten.

„So standen die Sachen, als ich von ihr eine Antwort erhielt, welche mich wie ein Donnerschlag traf.“

Stuart preßte mit verhaltener Wuth die Lippen zusammen und rief:

„Bei der Erinnerung an den Schmerz und all das Unheil, welches sie mir zugefügt, fühle ich einen vernichtenden Haß gegen dieses herzlose Weib, welches, von ihrer elenden Gefallsucht verführt, mit den heiligsten Interessen und der gewaltsamsten Leidenschaft spielte.“

„Aber der Brief, was enthielt dieser?“ fragte der Rittmeister.

„Der Brief enthielt folgende Worte:

„«Lieber Cousin!

„«Ihren letzten Brief verstehe ich nicht. Sie erwähnen Ihre Trennung von Ebba als etwas, was Sie berechtige, Anspruch auf meine Hand zu machen; aber, mein Gott, was denken Sie? Habe ich Ihnen denn mit einem einzigen Wort Anlaß gegeben zu glauben, daß mein Gefühl für Sie etwas anderes sei als die Freundschaft und das Wohlwollen einer nahen Verwandten? Habe ich Ihnen nicht im Gegentheil tausendmal gesagt, daß ich nicht an Ihre Liebe glaubte, welche ich mit derselben Nachsicht behandelt habe wie die Phantasie eines Irrsinnigen? Was hat Ihnen Anlaß geben können, meine Zuneigung so aufzufassen und darauf Ihre sonderbaren Hoffnungen zu gründen? Wissen Sie denn nicht, daß ich schon seit sechs Monaten vermählt bin?

„«Pisa, den 18. Juni 1845.

Mathilde Eldner, geb. Remmer.»"

„Ah!" rief der Rittmeister, „Mathilde war also schon damals die Gattin meines unglücklichen Bruders?"

„Ja, und er sollte das Opfer meiner Rache werden!" murmelte der Kapitän. „Jeder Versuch, meine Gefühle zu schildern, wäre fruchtlos. Mathilde hatte dadurch, daß sie meine Thorheit ermuthigte und nährte, mich zum Henker des Wesens gemacht, welches mich wirklich liebte. Ich hatte, irregeleitet von ihren bestrickenden Worten und der Hoffnung, die sie entzündete, meine Pflichten mit Füßen getreten, das Herz meiner Gattin zerrissen und das heiligste aller Bande gelöst. Und alles dies hatte ich gethan, weil sie mir so oft zu verstehen gegeben, daß sie mich lieben würde, wenn ich frei wäre. Während ich für ihren Besitz Ehre und Gewissen opferte, vermählte sie sich mit dem Mann, den sie, wie sie mir gesagt, weder liebte, noch jemals zu heirathen gedachte, und während ihre Briefe mir ein ganzes Jahr lang allen Grund gaben, zu hoffen.

„Binnen wenigen Stunden war meine Abreise beschlossen und alle Anstalten dazu getroffen. Erfüllt von Wuth und von glühendem Rachedurst gestachelt, reiste ich

Tag und Nacht, um Pisa so schnell als möglich zu erreichen. Bei meiner Ankunft hier erkundigte ich mich sogleich, wo Frau von Eldner wohnte, und nachdem ich die Kleider gewechselt, ging ich, ihr meinen Besuch zu machen. Ich ward angemeldet, und sie empfing mich in einem kleinern Cabinet. Sie begegnete mir mit eisiger Kälte. Meiner Worte erinnere ich mich nicht mehr und weiß blos, daß ich in meinem wilden Zorn ihr alle Leiden Ebba's zur Last legte, daß ich schwur, sie dennoch zu besitzen und andere dergleichen Thorheiten mehr.

„Sie erhob sich, um ihre Dienstleute zu rufen; ich aber faßte sie in meine Arme und rief:

„«Bedenke, wie oft du mich hast hoffen lassen, wie oft deine Blicke mir erlaubt haben, an deine Worte zu glauben, und bedenke dann auch, daß du es bist, die mich zu der niedrigsten That getrieben!»

„«Tom, höre mich», bat Mathilde, die vor meinem Zorn erschrocken zurückbebte, «und du wirst finden, daß ich mich aus Pflichtgefühl, aber nicht aus Liebe vermählt habe, denn ich liebe meinen Gatten keineswegs.»

„Ich ließ sie los; in demselben Augenblick aber stürzte ein junger Mann auf Mathilde zu und rief:

„«Was sagst du? Du bist blos aus Pflichtgefühl mein Weib geworden, aber nicht aus Liebe?»

„Er ergriff ihre beiden Hände und sah ihr mit funkelnden Augen ins Gesicht.

„Mathilde warf den Kopf zurück, riß ihre Hände los, heftete ihre Augen mit beinahe grausamem Ausdruck auf ihn und antwortete:

„«Ich habe dich niemals geliebt, denn ich liebte deinen Bruder. Er aber verstieß mich um deinetwillen, und wenn ich mich mit dir nicht aus Pflichtgefühl vermählt habe, so ist es aus verletztem Stolze geschehen. Zurück, Max! Du und dieser Narr, ihr seid einer so unsinnig wie der andere, da ihr euch einbilden könnt, meine Liebe zu besitzen.»

„Max stieß ein wildes Gelächter aus, drückte sich mit wahnsinniger Geberde die geballte Faust auf die Stirn, wendete sich nach mir herum und machte eine Bewegung, als ob er mir einen schimpflichen Schlag versetzen wollte, that sich aber Einhalt und ließ den Arm sinken. Dann trat er mir einen Schritt näher und sagte in dumpfem Tone:

„«Mein Herr, lieben Sie wirklich dieses schändliche Weib?»

„«Ich habe sie geliebt, während ich glaubte, sie sei frei», antwortete ich.

„Sie sollen sie haben. Sie ist Ihrer würdig. Ich trenne mich von ihr, und sie erhält dann ihre Freiheit wieder.»

„Nachdem er dies gesagt, wendete er sich nach der Thür, um das Zimmer zu verlassen. Mathilde, welche wahrscheinlich daran gewöhnt war, mit seinen Gefühlen zu spielen, und die ihn bisjetzt nur als willenlosen Sklaven vor sich gesehen, schien durch seine Worte bestürzt gemacht zu werden und sprang ihm nach, indem sie rief:

„«Was sagtest du, Max?»

„«Ich sagte, daß wir uns trennen werden», antwortete er in festem und bestimmtem Tone, und drehte sich nach ihr herum. Ein leichter Schauer schien ihn zu durchrieseln, als sein Blick auf die schöne Frau fiel, die er im Begriff stand, zu verstoßen.

„Mathilde faßte erschrocken seine Hand und sagte in bittendem, schmeichelndem Tone:

„«Unmöglich! Ich bin ja unschuldig, Max. Ich habe niemals die Treue gebrochen; du hast mir nichts vorzuwerfen. Es kann nicht dein Wille sein, durch einen skandalösen Proceß meinen Namen zu besudeln und mich zum Gegenstand zweideutiger Vermuthungen und Gerüchte zu machen, nachdem ich mich für deine Liebe geopfert.»

„«Mathilde», entgegnete Max, «ich will frei sein von dieser Falschen und Hinterlistigen, welche mir Liebe gelogen, welche sich blos aus Berechnung, Eigennutz und verletztem Stolze mir verkauft, weil ein anderer sie verstoßen, welche, von diesen niedrigen, verächtlichen Beweggründen getrieben, schon als Braut mir Beweise gab, welche einen Mann berechtigen, sich ausschließlich geliebt zu glauben, die aber dessenungeachtet später meine heiligsten Gefühle frech mit Füßen getreten und jetzt laut erklärt, daß alles ein gräßlicher Betrug gewesen, während sie endlich noch Liebesintriguen mit einem dritten Mann spielt, dem sie ebenfalls Anlaß gegeben, sich von ihr geliebt zu glauben. Ich werde mich trennen von diesem Weibe, wenn ich auch mich und sie beschimpfen und meinen und ihren Namen mit Füßen treten muß.»

„Mit diesen Worten verließ er das Zimmer."

Stuart schwieg und Karl sagte:

„Dieser Unbekannte, von welchem mein Bruder sprach, und dessen Namen Mathilde niemals nennen wollte, waren also Sie?"

„Ja, leider war ich es, der die Ursache ward, daß Ihr Bruder das Band zerriß, welches ihn an Mathilde fesselte und —"

„Und dessen Lösung ihm den Verstand kostete", fiel Karl in bewegtem Tone ein. „Sie ahnen nicht, in welcher furchtbaren Gemüthsstimmung ich ihn bei meiner Ankunft in Pisa, am Tage nach Ihrer Abreise, antraf. Mein Anblick und der Gedanke, daß ich von Mathilde geliebt werde, versetzte ihn anfangs in förmliche Wuth. Nach einiger Zeit aber beruhigte er sich und theilte mir die ganze traurige Geschichte seiner Liebe mit. Diese Mittheilung war seine letzte zusammenhängende Gedankenäußerung, denn von dieser Zeit an verwirrte sein Verstand sich immer mehr und mehr. Der einzige Gedanke, der ihm klar vorschwebte, war sein fester Entschluß, sich von seiner Gattin zu trennen. Doch erzählen Sie weiter, mein Herr, obschon diese Erinnerungen sehr bitter sind."

„Ich schweige von Mathildens Zorn, der, als ihr Gatte sie verlassen hatte, sich gegen mich kehrte“, erzählte Kapitän Stuart weiter. „Sie sagte mir, diese Trennung, an welcher ich schuld sei, solle niemals stattfinden, denn sie werde nie darauf eingehen. Sie brach dann in die heftigsten Vorwürfe aus, welche meinen glühenden Haß nur noch höher steigerten; denn je öfter sie wiederholte, daß sie sich nur zum Zeitvertreib mit mir beschäftigt und unsern Briefwechsel unterhalten, daß sie mich stets lächerlich und verächtlich gefunden, aus Neugier aber habe sehen wollen, wie weit meine Thorheit ginge, desto furchtbarer ward der Wunsch, ihr zu schaden, in meiner Seele, und ich verließ sie mit der Drohung, ihrem Gatten Mittel an die Hand zu geben, um sie zu der Trennung, die sie so sehr fürchtete, zu zwingen. Unter dem Einfluß dieses Gefühls kehrte ich in meine Wohnung zurück, wo ich aus meiner Reiseschatulle Mathildens Brief hervorsuchte, denselben dann in ein Couvert siegelte und an ihren Gatten adressirte.“

„Es war auch in der That dieser Brief, durch welchen er sie zwang, in die Scheidung zu willigen; denn er drohte, denselben, wenn sie nicht auf seinen Wunsch einginge, ihrem Vater zu übersenden“, sagte Karl.

„Sie haben ihn also wol gelesen?“ fragte Stuart.

„Nein, mein Herr; mein Bruder überließ ihn Mathilde, nachdem sie in die Lösung ihrer Ehe gewilligt, und erst später erzählte Max alles, was ihn und Mathilde betraf.“

„Beinahe wahnsinnig reiste ich von Pisa ab“, erzählte Stuart weiter, „und nahm den Weg nach Rom. Es war mir gleichgültig, wohin die Reise ginge, dafern ich nur meinem Gewissen und meinen innern Qualen entfliehen könnte. Schon ein paar Meilen von Pisa ward ich von einem heftigen Fieber ergriffen, welches eine Folge der körperlichen und geistigen Aufregung und Spannung war, in welcher ich während der letzten Wochen gelebt.

Dieses Fieber zwang mich über Nacht, die Gastfreundschaft eines Landhauses in Anspruch zu nehmen, welches an meinem Wege lag, und in dessen Besitzer ich meinen frühern Diener wiedererkannte. Er hatte während meines Verweilens in Neapel in meinem Dienst gestanden. Ich hoffte den folgenden Morgen meine Reise fortsetzen zu können, täuschte mich aber. Mehrere Wochen lang blieb ich, eine Beute des Fieberwahnsinns, hier liegen.

„Als ich soweit wiederhergestellt war, daß ich verstehen konnte, was sich um mich her zutrug, sah ich eine junge Dame an meinem Lager, deren Züge mir bekannt vorkamen, und als ich mich zu besinnen suchte, wer sie sei oder wo ich sie früher gesehen, traten die Ereignisse in Neapel, meine Liebe zu Mathilde und alles, was später folgte, vor meine Erinnerung. Ich erkannte Marie, welche mit der ganzen ihr angeborenen Herzensgüte mich pflegte. Ohne zu wissen, daß ich von Ebba getrennt, oder was zwischen mir und Mathilde vorgegangen, sah sie in mir nur einen Verwandten und einen Mitmenschen, der ihrer Pflege bedurfte. Als ich soweit genesen war, daß ich ihr meine Trennung von Ebba und meine Liebe zu Mathilde erzählen konnte, that ich dies; aber ohne zu erzählen, was in Pisa vorgegangen war. Mit den milden, ernsten Worten einer Schwester suchte sie alle jene haßerfüllten, bittern Gefühle, welche mich beherrschten, aus meiner Seele zu verbannen; mein Herz aber blutete noch allzu sehr an den Wunden, die ich ihm selbst geschlagen, als daß ich ihre Worte richtig aufzufassen vermocht hätte.

„Auf meine Frage, wie es käme, daß sie sich hier aufhielte, antwortete sie ausweichend; als ich aber wieder gesund war, suchte ich dieses Geheimniß, welches, wie ich argwohnte, Mathilde berührte, auszuforschen. Mein ehemaliger Diener erzählte den Vorfall mit der Geburt des Kindes kurz nach Mathildens Vermählung. Ihr Bruder war, wie ich hörte, in Neapel einige Tage darnach angekommen, als Ebba und ich dort abgereist waren. Als ich, nachdem ich diese Aufklärungen erhalten, mit Marie wieder zusammentraf, sagte ich zu ihr:

„«Du widmest Mathildens Sohne die Pflege einer Mutter!»

„Marie wechselte die Farbe, antwortete aber ruhig:

„«Du irrst dich; es ist nicht Mathildens Kind.»

„Alle meine Bemühungen, wieder auf dieses Thema zurückzukommen, scheiterten an Mariens bestimmten und ernst ausweichenden Antworten.

„Eines Tags traf ein Brief von Pisa ein, und den nächstfolgenden Tag waren Marie und das Kind verschwunden. Während der Zeit, wo ich noch im Landhause weilte, wies man mir das Zimmer an, welches zeither Marie bewohnt, weil man es für geräumiger und bequemer hielt. Hier fand ich in einem Schubfache einen vergessenen Brief, welcher, wie ich fand, Mariens Abreise veranlaßt haben mußte. Sie kennen den Inhalt dieses Briefs; es war derselbe, welchen der Baron Marie zwang vorzulesen. Einige Zeit darauf verließ ich das gastfreie Haus.

„Lange Jahre sind seitdem vergangen. Einmal während dieser Zeit besuchte ich Schweden, und verweilte hier einige Monate in der Hoffnung, Aufklärung über Ebba's Schicksal zu erhalten. Ich erfuhr nun, daß Frau von Eldner von ihrem Manne auf Grund seiner Geisteskrankheit geschieden worden, was allgemeine Theilnahme für die schöne, junge Frau hervorgerufen hatte. Ebenso hörte ich, daß Ebba ein Jahr nach unserer Trennung nach Schweden zurückgekehrt war und jetzt bei einem Verwandten, dem in Wärmland ansässigen Oberst Eldner, wohnte, und daß sie allgemein als Witwe betrachtet ward.

„Ich verließ Schweden, ohne daß ich gewagt hätte, mich meiner geschiedenen Gattin zu nähern, und fuhr fort in der Welt umherzuirren. Ein Jahr später besuchte ich wieder Italien und Pisa. Ich suchte das Haus meines ehemaligen Dieners auf, und traf bei ihm einen

Mann in der Blüte der Jahre, mit edeln, kräftigen Zügen, aber in düsterer und wunderlicher Gemüthsstimmung. Er wohnte hier mit einem alten Diener. Dieser Mann war Max Eldner, Ihr Bruder."

„Ja, ich weiß, daß der Unglückliche hartnäckig diese Stätte bewohnen wollte, wo er die drei glücklichsten Monate seines Lebens zugebracht, und wo sein Kind das Licht der Welt erblickt, — dasselbe Kind, welches er in seinem Wahnsinn durchaus umbringen wollte, weil Mathilde die Mutter desselben war. Diese furchtbare Manie bewog mich, ihm zu sagen, daß der Knabe todt sei."

„Er erkannte mich nicht", hob Stuart wieder an, „und ich hütete mich auch wohl, mich zu erkennen zu geben. Während der Zeit, die ich in seiner Gesellschaft zubrachte, sprach er von seinem, wie er glaubte, todten Kinde und wünschte, daß es noch am Leben sei. Ich erzählte ihm nun von meinem frühern Aufenthalt in diesem Hause, und wie plötzlich das Kind und Marie verschwunden seien, ohne jedoch meine Bekanntschaft mit letzterer zu verrathen. Meine Mittheilung hatte zur Folge, daß er den Tod des Knaben zu bezweifeln begann, und diese Zweifel gingen endlich in die bestimmte Ueberzeugung über, daß das Kind lebe, als ich ihm den von mir gefundenen Brief der Baronin Remmer zeigte. Nun beschloß er, nach Schweden zu reisen, um die Wahrheit zu erfahren und womöglich sein Kind wiederzusehen."

„Ist mein Bruder in Schweden?" rief der Rittmeister erstaunt.

„Ja, mein Herr. Er und sein alter Diener verweilen jetzt in Stockholm und sind binnen kurzem hier zu erwarten. Ich übernahm es, ihm sichere und bestimmte Nachricht zu verschaffen, ob sein Kind noch lebte, oder ob es wirklich todt sei. Er wollte nicht selbst in die Heimat zurückkehren, bevor er bestimmt wüßte, daß Mathilde sich nicht daselbst aufhielte, denn er verabscheute den Gedanken, sie wiedersehen zu müssen. Deshalb suchte ich mit Ihrem Vater bekannt zu werden und nahm seine Einladung hierher an. Ich glaubte Ihrem Bruder die Genugthuung schuldig zu sein, ihm gewisse Auskunft über sein Kind zu verschaffen, weil ich unglücklicherweise seine Leiden mit verschuldet hatte. Daß der Haß gegen Mathilde später ebenfalls Antheil an meiner Handlungsweise hatte, werden Sie leicht von selbst einsehen. Ihr Anblick und die Dreistigkeit, womit sie auf Ebba den zweideutigen Schatten einer geschiedenen Frau zu werfen wagte, erweckte meine Rachgier und den Wunsch, ihren Uebermuth zu züchtigen. Und nun —"

„Nun hat Ihre Rache den unschuldigen und stolzen Vater ebenso sehr getroffen wie die verbrecherische Tochter — eine gewöhnliche Folge, wenn man blind seinen Leidenschaften gehorcht, ohne die Folgen zu berechnen."

Achtundzwanzigstes Kapitel.

Drei Monate nach der in dem letzten Kapitel mitgetheilten Unterredung ward Kapitän Stuart als gesetzmäßiger Erbe in den Besitz von Lindsjönäs gesetzt und erhielt das Recht, den Namen seines Vaters zu tragen, obschon er sich noch Stuart nennen ließ.

Alles dies geschah auf Grund der Documente, welche Ebba so edelmüthig und mit so vieler Mühe und Gefahr ihm von Skogsborg verschafft und die in den Sockel des Crucifixes eingeschlossen lagen.

Als Mathilde hörte, daß Max in Ljungstahof erwartet ward, verließ sie Rosersberg und verkaufte es, worauf sie ein kleineres Besitzthum in einer andern Gegend erwarb, wo sie ein einsames, kummervolles Leben zubrachte.

Max kehrte in die Heimat zurück, wo er all die Liebe und Theilnahme fand, welche die Kenntniß der Leiden, die ihn betroffen, seinen Aeltern einflößte. Die Freude, sein Kind wiederzusehen, und sich unter Wesen zu befinden, die ihn liebten, äußerten eine wohlthätige Wirkung auf seine Gemüthskrankheit. Marie ward die sanfte Trösterin, welche ihm die Pflege einer Schwester widmete und durch ihre Gesellschaft und ihre Unterhaltung die unruhigen, finstern Gedanken zu verscheuchen suchte, welche ihn noch zuweilen beherrschten.

Als der Winter kam, hatte das Leben auf Ljungstahof wieder seinen gewöhnlichen Gang genommen. Die einzige Person, welche sich nicht vollkommen wiedergefunden hatte, war Ebba. Ihre lebensfrische Gemüthsart war allerdings noch dieselbe; aber dennoch lag über ihre Heiterkeit ein Schatten der Wehmuth ausgebreitet, und ihr munteres, wohlklingendes Gelächter ließ sich jetzt seltener hören als sonst. Man überraschte sie oft, während sie gedankenvoll und träumerisch mit Thränen in den Augen dasaß.

Der Rittmeister war am Tage nach Stuart's Mittheilung nach der Hauptstadt abgereist, um seinen Bruder zu holen. Nach seiner Rückkunft von Stockholm wich er Ebba mehr aus, als daß er sie gesucht hätte. Mit seinen Ausfällen gegen die Frauen im allgemeinen hatte er gänzlich aufgehört. Auch Marie bewies er eine herzliche Aufmerksamkeit und sprach sich lobend über die liebevolle Pflege und Fürsorge aus, welche sie seinem Bruder widmete.

Kapitän Stuart, als Nachbar, besuchte das Haus des Obersten sehr oft. Daß er mit Ebba vermählt gewesen, wußte jedoch außer Marie und dem Rittmeister niemand.

Wir versetzen uns nun an einem Decemberabend in das gewöhnliche Unterhaltungszimmer, den blauen Salon auf Ljungstahof, wo wir wieder alle versammelt finden.

Die Oberstin sitzt auf dem Sofa vor einem großen Tische mit einer Menge bunter Garnknäuel. Sie ist mit einer zierlichen Stickerei beschäftigt, welche vermuthlich zu einem Weihnachtsgeschenk bestimmt ist.

In der einen Sofaecke zurückgelehnt, hat Max seinen Platz. Er betrachtet mit nachdenklichem und zärtlichem Blick den kleinen Edvard, der an der noch freien Tischecke sitzt und in einem Buche liest.

Marie sitzt auf einem Stuhl neben Max und arbeitet eifrig an einer Perlenstickerei.

Weiterhin im Salon hat Ebba vor einem großen Rahmen Platz genommen und ist beschäftigt, einen stattlichen Reiter unmittelbar nach dem Muster auf die Leinwand zu übertragen.

Kapitän Stuart und der Rittmeister haben sich an dem Sofatische niedergelassen.

Im Nebenzimmer sitzt der Oberst mit dem Lieutenant und noch zwei Herren bei einer Partie Whist.

Ein lebhaftes Gespräch ist zwischen der Oberstin und Stuart im Gange. Es betrifft einen Doctor X., der sich erst von seiner Gattin hat scheiden lassen und nun, nach einigen Jahren, sie wieder heirathen will.

„Wie ist es möglich, eine so inconsequente Handlung zu vertheidigen?“ fragte die Oberstin mit einem gewissen Grad von Heftigkeit. „Finden Sie nicht, daß eine wirkliche Beleidigung gegen seine geschiedene Frau darin liegt? Nachdem er um einer andern willen sich von ihr freigemacht, und nachdem er dieser ebenfalls überdrüßig geworden, wagt er, ihr wieder einen Namen zu bieten, den er ihr schon einmal genommen.“

„Aber gerade der Umstand, daß er sich wieder um sie bewirbt, beweist, daß er jetzt ihren höhern Werth einsieht. Er gibt ihr ja durch das Anerkenntniß seines Misgriffs die größte Genugthuung und den unwiderleglichsten Beweis seiner Achtung“, entgegnete Stuart.

„Diese Achtung hätte ihn im Gegentheil abhalten sollen, ihr Herz durch verletzende Erinnerungen zu zerreißen, und das Band, welches sie früher vereinigt, mit Füßen zu treten. Ich an ihrer Stelle würde nur einen hohen Grad von Verachtung gegen eine solche Wankelmüthigkeit empfinden.“

„Denken Sie ebenso streng, Fräulein Marie?“ fragte Stuart.

Marie sah ihn mit ernstem Blick an und sagte:

„Ein Mann, der so leichtsinnig mit den heiligsten Banden spielt, muß von schwacher Moralität sein und kann nicht die Festigkeit des Charakters besitzen, welche allein es möglich macht, auf ein beständiges Glück in der Ehe zu hoffen. Ich möchte mein Lebensglück so unzuverlässigen Händen nicht zum zweiten mal anvertrauen."

„Ja, so kann die kalte Vernunft folgern", fiel der Rittmeister ein und betrachtete Ebba mit bekümmertem Blick. „Liebtest du aber diesen Mann, so würde dein Herz eine ganz andere Sprache führen und tausend Ursachen für seine Handlungsweise finden."

„Die Liebe ist die Macht, welche alle Verhältnisse ebnet, und uns nachsichtig macht", hob Stuart wieder an.

„Liebe Ebba, sitz' doch nicht so still", rief die Oberstin, „sondern komm her und hilf uns. Findest du es nicht tadelnswerth, daß die Menschen so mit der Heiligkeit der Ehe spielen? Wenn es sich um ein so wichtiges Thema handelt, darfst auch du nicht schweigen."

„Wenn ich dies thue, beste Tante, so geschieht es deshalb, weil schon das Wort Ehescheidung für mein Gefühl etwas Widerwärtiges hat. Es kommt mir vor wie eine Verhöhnung aller menschlichen Moral. Wenn aber einmal ein solcher Schritt geschehen ist, wenn zwei Gatten miteinander gebrochen haben, so kann man annehmen, daß dabei in jedem dieser Herzen eine Saite gerissen ist, welche nie wieder erklingen kann. Eine wirkliche Wiedervereinigung zwischen ihnen ist nicht denkbar. Ueberdies liegt in diesem leichtsinnigen Spielen mit den heiligsten Pflichten etwas höchst Unmoralisches, welches jeden feinfühlenden Menschen empört und peinlich auf ihn einwirkt."

Eine ungeduldige Bewegung von Max verrieth, daß dieses Gespräch ihn unangenehm berührte, und Marie beeilte sich, zu sagen:

„Wir wollen doch lieber von etwas anderm sprechen."

Der Rittmeister stand auf und setzte sich an das Piano. Er ließ die Hände über die Tasten eilen, ohne etwas anderes als unzusammenhängende Phantasien zu spielen. Stuart ging einigemal im Salon auf und ab.

„Spiele doch etwas Ordentliches", bat die Oberstin.

Karl kam diesem Wunsche nach, hielt aber, während er spielte, seinen Blick fest auf Ebba geheftet. Der Kapitän hatte sich ihr genähert.

„Du hältst also eine Wiedervereinigung zwischen getrennten Gatten für gänzlich unmöglich?" fragte er auf englisch und setzte sich auf die andere Seite von Ebba's Stickrahmen.

„Ich halte es für etwas Widersinniges", entgegnete sie, „denn Hoffnung und Zuversicht auf ein beständiges Glück in der Zukunft sind ja für immer entschwunden. Auf welchen Grund können wol diese Gatten das einmal zertrümmerte Gebäude ihres Lebensglücks wieder aufbauen?"

„Auf den Grund der Liebe, wenn diese noch im Herzen wohnt."

„Liebe ohne Vertrauen ist etwas höchst Unsicheres. Uebrigens, wie willst du Liebe in Herzen wiederfinden, welche eben aus Mangel an Liebe sich einmal voneinander losgerissen?"

„Ebba, deine Worte sind grausam!"

„Nein, Tom, sie sind blos wahr", entgegnete Ebba, indem sie ihn mit ruhigem und ernstem Blick betrachtete.

„Höre mich an und du wirst sie zurücknehmen", hob Stuart wieder an. „Hast du nicht eingesehen, daß mein Gefühl für dich stets seine tiefe und heilige Wärme beibehalten hat, und daß ich dich stets geliebt habe, obschon eine thörichte Leidenschaft eine Zeit lang seine Stimme übertäubt hatte? Verstehst du nicht, daß mein ganzes künftiges Glück darauf beruht, dich wieder meine Gattin nennen zu dürfen?"

„Ich weiß blos eins, und dies ist, daß du einmal mir das Herz zerfleischt, meine Liebe mit Füßen getreten, gegen meine Thränen gefühllos gewesen und meine Bitten verachtet.“

Der Rittmeister folgte mit dem Blick den wechselnden Ausdruck auf den Gesichtern der Sprechenden.

„Ach, Ebba, wenn du mich liebtest, so würdest du dies nicht sagen. Wenn Liebe in deinem Herzen wohnte, würdest du der Vergangenheit nicht mehr gedenken.“

„Laß uns dieses Gespräch beenden, Tom, und sprich nicht weiter von Liebe mit mir, aus deren Brust du selbst einmal unerbittlich dieses Gefühl getilgt. Freunde werden wir stets bleiben, aber Gatten können wir niemals wieder werden; denn zu dem Manne, den ich liebe, muß ich Vertrauen haben können.“

„Und gleichwol muß ich entweder die Hoffnung nähren, dich wieder meine Gattin nennen zu können, oder weit von dir hinwegfliehen.“

„Nun, so gehe denn, Tom, und nähre keine Hoffnung.“

„Ist dies dein letztes Wort?“ fragte Stuart, indem er sich erhob.

„Ja; aber rechne darauf, daß du in mir hinfort ebenso wie zeither stets eine aufrichtige, ergebene Freundin finden wirst“, sagte Ebba in sanftem, aber bestimmtem Tone.

Stuart erhob sich heftig und verließ sie.

Der Rittmeister schlug einen Schlußaccord an, stand von dem Instrument auf und ging, um Stuart's Platz neben Ebba einzunehmen.

„Du bist heute Abend verzweifelt fleißig“, sagte er, indem er sich ihr jetzt seit mehrern Monaten zum ersten mal wieder näherte.

„Deine Worte scheinen anzudeuten, daß ich es nicht immer bin“, antwortete Ebba lächelnd.

„Das weiß ich fürwahr nicht. Ich habe noch nie Acht darauf gegeben als heute Abend.“

„Und warum hast du gerade heute mehr darauf gemerkt als sonst?“

„Weil es mich schmerzte.“

„Daß ich fleißig bin? Das verstehe ich nicht.“

„Und dennoch ist es so leicht zu begreifen. Ich beneide den Stickrahmen um die Aufmerksamkeit, welche du ihm schenkst.“

Ebba erröthete ein wenig und antwortete scherzend:

„Willst du mir ein Compliment machen?“

„Nein, ich will mir blos deine Aufmerksamkeit ausbitten. Laß deine Stickerei einen Augenblick ruhen und sprich mit mir.“

„Sehr gern; aber gestatte, daß ich dabei in meiner Arbeit fortfahre, denn dieselbe hält mich durchaus nicht ab, mit dir zu sprechen. Worüber wollen wir denn plaudern?“

„Ueber was du willst. Sieh, jetzt hat Stuart sich neben Mama gesetzt. Max und Marie sind auch im besten Zuge, sich gegenseitig verstehen zu lernen. Laß uns ihrem Beispiel folgen.“

„Mit Vergnügen, wenn es möglich ist.“

„Vor allen Dingen habe ich einen Irrthum abzubitten und zu gestehen, daß ich besiegt bin“, sagte der Rittmeister, indem er Ebba mit warmem, offenem Blick ansah.

„Das eine folgt aus dem andern“, antwortete sie heiter. „Du gestehst also, daß du mein Geschlecht verkannt hast?“

„O nein, durchaus nicht.“

„Wie, mein Herr? Das war nicht ritterlich! Erst strecken Sie die Waffe, und dann nehmen Sie dieselbe wieder auf, um den Kampf von neuem zu beginnen.“

„Du irrst dich, Ebba. Die Feindseligkeiten sind jetzt beendet.“

„Wie so?“

„Dich habe ich verkannt, nicht dein Geschlecht. Du bist es, die mich gelehrt, daß es Frauen mit Tugend und Gefühl gibt, welche der größten und aufrichtigsten Hingebung fähig sind. Wenn auch die Mehrzahl derselben unter einer verführerischen Außenseite ein kaltes, falsches Herz birgt, so hat man doch nicht das Recht, um ihretwillen auch die anzufeinden und zu verletzen, welche, wie du und Marie, mit edeln und erhabenen Eigenschaften der Seele begabt sind. Verzeihe mir meine frühern Ausfälle. Dieselben hatten ihren Entstehungsgrund in einer sehr bittern Erfahrung, welche ich nun aber vergessen habe. Unsere eigenen Leiden machen uns sehr oft ungerecht gegen andere."

„Während sie uns doch im Gegentheil sanft und nachsichtig machen sollten", entgegnete Ebba. „Herzlichen Dank inzwischen für deine Erklärung, daß der Glaube an das Gute in deiner Seele wiedererwacht ist. Es hat etwas Unheimliches, wenn man einen Menschen, dem man gewogen ist, nur an die Existenz des Bösen glauben sieht."

„Und nun, Ebba, sind wir wol Freunde?" fragte Karl, indem er sich über den Stickrahmen neigte.

„Ja wohl, aufrichtige und wahre Freunde", entgegnete Ebba mit sanftem Lächeln.

„Gib mir die Hand darauf."

„Von Herzen gern."

Und Ebba reichte ihm die Hand.

Neunundzwanzigstes Kapitel.

Einige Tage später reiste Kapitän Stuart nach der Hauptstadt.

Eines Abends kurz vor Weihnachten, als die Oberstin mit der Haushälterin und den weiblichen Dienstboten in vollem Zuge war, alle nöthigen Vorbereitungen zum Feste zu treffen, saß Ebba in einem kleinen Cabinet und stickte eifrig an einem Weihnachtsgeschenk für den Oberst.

Marie hatte sich um eines ähnlichen Geheimnisses willen eingeschlossen.

Max lag auf einem Sofa im Salon und spielte mit Edvard.

Der Oberst war mit dem Lieutenant nach der Stadt gefahren, um, wie er sich ausdrückte, der „verfluchten Scheuerei" aus dem Wege zu gehen.

Der Rittmeister war den ganzen Tag umhergestrichen, ohne irgendwo sonderlich gut empfangen zu werden; denn überall war er im Wege, und die Oberstin hatte einmal im Vorbeigehen zu ihm gesagt:

„Mein Gott, Karl, du hättest klug gethan, wenn du auch mit in die Stadt gefahren wärest."

Es war ungefähr sechs Uhr, als er die Thür des Cabinets öffnete, in welchem Ebba saß und arbeitete.

„Ist es erlaubt, hineinzukommen?“ fragte er.

„Dafern du mich nicht von meiner Arbeit abhältst.“

„Diese Antwort habe ich heute überall vernehmen müssen, wohin ich gekommen bin. Nirgends will man mir eine Freistätte einräumen“, sagte Karl scherzend und nahm neben Ebba Platz. „In deiner Eigenschaft als Freundin aber mußt du barmherziger gegen mich sein.“

„Du läßt mir ja keine andere Wahl, da du ganz einfach hier Platz nimmst.“

„Was soll ich auch anders thun? Uebrigens habe ich dir etwas zu sagen.“

„Nun, so laß hören.“

„Aber dann sticke nur nicht so verzweifelt.“

„Darum laß dich nur unbekümmert. Sprich, ich bin ganz Ohr.“

„Wohlan, ich komme, um dir die Freundschaft aufzusagen.“

„Das klingt nicht gut. Was sollen wir denn werden, vielleicht Feinde?“ fragte Ebba und blickte lächelnd auf.

„O nein. Ich schlage vor, daß wir etwas noch Besseres werden als Freunde.“

„Gibt es denn etwas Besseres?“

„Wir wollen einmal zum Scherz annehmen, daß es etwas gäbe, was noch über die Freundschaft geht.“

„Mag sein — zum Scherze denn.“

„Das ist klar. Ich setze voraus, daß wir einander lieben.“

„Eine kühne Voraussetzung.“

„Wir scherzen ja blos.“

„Nun gut denn.“

„Also wir lieben einander, und ich schlage dir vor, diese warme, innige Liebe das größte irdische Glück für mich werden zu lassen, indem du meine Gattin wirst. Wäre dies nicht etwas, was noch weit über bloße Freundschaft ginge? Sag', Ebba, wären wir da nicht etwas weit Besseres als Freunde?“

Der Rittmeister hatte seinen Stuhl dem Ebba's etwas näher gerückt.

„Ohne Zweifel wären wir dann das meiste, was zwei Menschen füreinander werden können."

„Wenn wir nun aber den Scherz beiseite setzten und im Ernste sprächen?" fragte der Rittmeister, indem er Ebba's Hand ergriff und mit tiefer, ernster Stimme hinzusetzte: „Du weißt ja, daß ich dich grenzenlos von ganzer Seele liebe."

„Es hat allerdings Augenblicke gegeben, wo ich dies geahnt habe, aber auch andere, wo ich genöthigt gewesen bin, daran zu zweifeln", entgegnete Ebba, indem sie ihn mit innerer Bewegung ansah.

„Aber nun, geliebte Ebba, nun weißt du ja, daß ich nicht so zu dir sprechen würde, wenn meine Liebe nicht ernst und mit der tiefsten Achtung gepaart wäre. Sage, daß du fühlst, wie jedes Wort aus meinem Herzen kommt, und mir nicht in einem übereilten Augenblick entschlüpft."

Mit diesen Worten ergriff er wieder Ebba's Hand und führte sie an seine Lippen.

„Ja, Karl, das fühle ich", antwortete Ebba, indem sie sich bewegt und erröthend über ihren Stickrahmen neigte.

„Und welche Antwort gibst du mir, Ebba? Kann ich wol hoffen, daß eine Stimme in deinem Herzen für mich spricht, daß du dein Schicksal meinen Händen anzuvertrauen wagst?"

„Ich würde dies nicht, Karl, wenn mein Herz dich nicht schon längst geliebt hätte", stammelte Ebba und blickte mit einem reinen und warmen Blick zu ihm auf.

Während im Cabinet diese Erklärung stattfand, trug sich in dem Salon Folgendes zu.

Marie, welche den ganzen Tag in ihr Zimmer eingeschlossen gesessen und auch an Weihnachtsgeschenken gearbeitet hatte, war hinunter in den Salon gegangen, um sich nach Max zu erkundigen und zu hören, wie er unter dem allgemeinen Wirrwarr einen Tag auf eigene Faust zubrächte. Sie fand ihn auf dem Sofa liegend, während Edvard mit einer Schnarre im Zimmer umhersprang.

„Ah, Marie!“ rief Max, erhob sich und reichte ihr die Hand. „Wie lang mir doch die Zeit wird, wenn ich dich nicht sehe!“

„Dank dafür, daß du mich vermißt hast“, entgegnete Marie und nahm neben ihm Platz.

„Tante Marie, Tante Marie! Darf ich hinunter zu Lena springen und sie um eine Brezel bitten?“ rief Edvard und rannte, ohne die Antwort abzuwarten, hinaus.

„Weißt du, Marie, was ich mir dachte, während ich mir selbst überlassen war?“ fragte Max.

„Nun, laß hören.“

„Wenn es von mir, der ich nicht stets Herr der Verrichtungen meines Geistes bin, nicht gottlos gehandelt wäre, so möchte ich dich fragen, ob du nicht der gute Engel meines Lebens werden möchtest. Denn wenn du, wie heute, nicht da bist, so hüllt sich meine Seele wieder in ihre schwarzen Schatten. Ich wage nicht, diese Frage an dich zu stellen; denn dies hieße dein Leben opfern, es hieße Gott versuchen, es hieße —“

„Es hieße mir das einzige Glück bereiten, welches ich mir wünsche, Max“, antwortete Marie mit ihrer seelenvollen Stimme; „denn wie auch das Leben sich gestalten möge, so werde ich doch nie von deiner Seite weichen, so lange meine Nähe ein Bedürfniß für dich ist.“

„Marie!“ rief Max und drückte ihr krampfhaft die Hand, „du sagst das vielleicht aus Mitleiden, aus Erbarmen, aus christlichem Pflichtgefühl, weil du dich verbunden erachtest, dein Leben zu opfern, um die Schuld deiner Schwester zu sühnen!“

„Nein, ich sage es aus wahrer und inniger Zuneigung“, antwortete Marie herzlich.

Schluß.

Der Weihnachtsabend hatte endlich dem häuslichen Durcheinander ein Ende gemacht, und alle Zimmer auf Ljungstahof waren glänzend erleuchtet. Im Salon hatten Ebba und der Maler eben die wiederzusammengesetzte Büste Gustav Wasa's aufgestellt, als der Oberst, von dem Lieutenant und Karl begleitet, von der einen, und die Oberstin, Marie, Max und der kleine Edvard von der andern Seite eintraten. Beim Anblick der Büste blieben alle stehen.

„Wie geht das zu?“ rief der Oberst und stierte seinen wiederhergestellten Liebling verwundert an.

„Es bedeutet, lieber Onkel, daß bei einem so frohen Feste alle erlittenen Verluste wieder gut gemacht werden“, antwortete Ebba, ergriff Edvard bei der Hand und führte ihn dem Oberst entgegen.

„Ja, mit dem Beistand eines guten Engels wird alles wieder gut gemacht“, fiel der Lieutenant ein. „Die gnädige Frau hier hat die Rolle des Engels gespielt.“

„Und zwar, so wahr ich lebe, auf eine Weise, daß ich mich zwanzig Jahre jünger fühle. Wäre mit Karl etwas zu profitiren, so solltest du ihn zum Manne haben, so aber verlohnt es nicht der Mühe", sagte der Oberst, indem er Ebba auf die Stirn küßte.

„Ich nehme ihn aber doch", flüsterte Ebba ihm lächelnd ins Ohr.

Nachdem der Oberst dem Künstler gedankt, und Edvard vor Freude Tante Ebba fast todtgedrückt, sagte Karl:

„Ich habe auch ein Weihnachtsgeschenk und eine Ueberraschung für Papa und Mama."

„Wahrscheinlich kommst du mit irgendeiner neuen Dummheit herausgerückt", sagte der Oberst munter; „denn mit dergleichen bist du immer bei der Hand."

Karl ergriff Ebba's Hand.

„Diesmal wirst du wol deine Worte zurücknehmen, Papa, denn das Geschenk besteht in einer Schwiegertochter, und die Ueberraschung darin, daß diese Schwiegertochter Ebba ist."

„Das ist bei meiner Ehre das Vernünftigste, was du in deinem ganzen Leben gethan hast, lieber Karl", rief der Oberst. „Aber, Ebba, getraust du dir wirklich, dieses Bürschchen unter dein Commando zu nehmen?"

„Ich muß wol, dafern er mich nicht unter das seine nimmt", antwortete Ebba und ward gleich darauf von der Oberstin herzlich umarmt.

Max sagte mit wehmüthigem Lächeln:

„Auch ich habe meinen Aeltern eine Schwiegertochter zu schenken. Marie hat heldenmüthig versprochen, euerm armen Sohn ihr Leben zu opfern."

„Gott segne euch, meine Kinder", betete die Oberstin andächtig, und der Oberst umarmte seine künftigen Schwiegertöchter.

„Der europäische Krieg hat ein schnelles Ende genommen", sagte eine Weile darauf der Lieutenant, während die Gesellschaft sich mit Nüsseknacken beschäftigte.

„Ja, der russische Despot mußte vor der überlegenen Stärke der Westmächte die Waffen strecken", antwortete Ebba.

„Nein, der russische Selbstherrscher hat sich eine der Westmächte zugeeignet“, behauptete Karl.

„Durchaus nicht; er ergab sich auf Gnade und Ungnade.“

„Und erkannte, daß die Frauen Engel sind“, setzte der Lieutenant hinzu; „denn dieses Anerkenntniß war eine der Friedensbedingungen.“

„Ich sage in dieser Beziehung ganz so wie ein alter deutscher Meistersänger: «Die guten Frauen sind besser als Engelein, die bösen schlimmer als Teufelein», wenn man am Weihnachtsabend so etwas sagen darf. Die schlimmste und gefährlichste von den schlimmen und gefährlichen ist die herzlose Kokette. Möge aber es damit sein, wie ihm wolle, so sind sie für mich nicht mehr gefährlich“, setzte Karl mit einem Blick der Liebe und des Vertrauens auf seine Verlobte hinzu, deren Hand er an sein warmes, männliches Herz drückte.

CPSIA information can be obtained
at www.ICGtesting.com
Printed in the USA
LVHW110111200422
716647LV00003B/110

9 783752 599251